KB069049

招南稿

우주영 한시

梧南稿

오 남 고

김운기 역주

學古房

들어가기에 앞서

　이 시집은 구한말 충청도 청양지역에 거주하던 우주영이라는 시골 선비가 남긴 한시집漢詩集이다. 이 시집과 필자가 인연을 맺게 된 것은 몇 년 전 필자에게 초서로 되어 있는 초고본의 탈초 의뢰가 오면서부터다. 필자는 탈초와 초벌 번역을 하는 과정에서 여느 한시漢詩와 다르게 구축된 그의 서정세계抒情世界에 매력을 느끼게 되었고 시인에 대한 궁금증을 풀기 위하여 자료를 수집하던 중에 놀라운 그와 그의 가계家系에 대하여 알게 되었다. 그의 생애와 시 세계는 권말卷末의 해제解題에서 상세히 밝혔으므로 독자께서는 해제를 통하여 시인 가계家系의 놀라운 이야기를 접할 수 있을 것으로 본다.

　책에 들어가기에 앞서 결론부터 말하자면, 시인은 입지전적立志傳的인 인물이다. 그의 아버지 우사원은 소작농을 하던 가난한 선비로, 마흔 살이 넘어 재산을 불리기 시작하여 불과 30여 년 만에 천석꾼의 거부巨富가 되었으며 그가 죽기 2년 전인 76세의 고령으로 진사시進士試에 입격하는 놀라운 기적을 일군 사람이다. 이러한 막대한 부富를 물려받은 아들 우주영은 유복한 환경에서 독서와 시작詩作에 전념할 수 있었다. 그는 물려받은 부를 개인이나 가문의 영달에 한정하지 않고 노블레스 오블리주를 실천하였으므로 사람들은 그의 자선적 삶을 추앙推仰하여 『우주영 傳』을 지어 전하였다. 그러나 가난하고 어려운 이웃을 구휼하기 위한 자선으로 모든 재산이 고갈되기에 이르렀으며 그의 자식들은 후에 가난으로 인하여 신산辛酸한 삶을 마감하였다. 결국, 3代 만에 천석꾼의 가문家門이 붕괴되는 드라마 같은 이야기가 이 시집 주인공의 이야기다.

시인이 생전에 일군 문학적 자산이 자신이나 후손에 의해 출간되지 못하고 원고본으로 전해 오다가 시인의 사후死後 130여 년이 지난 지금에야 세상에 처음 나오게 된 것이다. 필자가 이 책을 세상에 내놓기로 마음먹게 된 것은 그가 쓴 한시漢詩의 아름다운 서정성과 그의 생애에 대한 경외敬畏에서 출발하였다. 막상 출간에 임하여 한편으로는 필자의 미천함이 그의 모든 것에 누를 끼치는 것이 아닐까 하는 두려움이 앞서는 것도 사실이다. 그러나 시인의 진정을 독자에게 전해드리고 싶은 필자의 선의일 뿐이니 책망함이 크지 않기를 바란다. 향후 독자 제위의 질정叱正은 달게 받으려 한다.

詩人 死後 130년(2021년) 여름, 東旦齋에서

金雲基 識

목 차

梧南稿

해제

梧南稿*

* 우주영禹周榮의 시집이다. 우주영의 본관은 단양丹陽, 자字는 치화稚和, 호는 오남梧南이며 동지돈령부
사同知敦寧府事를 지냈다. 오남은 그의 고향인 충청남도 청양군 목면 오살미 [梧山里] 에서 유래한다
고도 하나, 오남고梧南稿의 서문을 쓴 처조카 정해원鄭海元의 〈上梧南序〉에서는 "노년에 이르러 주역
한권(周易—), 술 한병(酒—), 바둑판 한질(碁—), 가야금 한 대(琴—), 거문고 한 대(瑟—), 이 다섯 가지
를 만나서 스스로 오남梧南이라고 호를 불렀다."라고 하였다.

勸兒曹讀書
아이들에게 독서를 권하며

安得敎兒出衆凡	어찌하면 우리 아이 출중하게 키울까
工將簣土泰岩岩¹⁾	탑을 쌓듯 공들여야 크고 우뚝해지리
豈徒蘇氏分兄弟	어찌 소씨 형제만 닮을 뿐이리오
欲使篁林復叔咸²⁾	죽림칠현 완적 완함도 능가하리
大木在山渠作廈	거목으로 자라 큰집의 동량 되고
巨舟登海爾爲帆	큰 배 뜨거든 너희가 돛이 되거라
傍人休怪翁鬚白	사람들아 이 늙은이 언짢게 생각 마소
半是痴聾³⁾半是誠	겉은 귀먹은 바보지만 속은 멀쩡하다오

---

1) 공부를 통해서 인격이 완성되어야 훌륭한 사람이 된다는 말이다. 궤토(簣土)는 한 삼 태기의 흙이라는 말로, ≪서경(書經)≫⟨여오(旅獒)⟩에 "작은 행동이라도 신중히 하지 않으면 큰 덕을 쌓는데 누가 될 것이니, 마치 아홉 길 산을 만들 때 한 삼태기의 흙이라 도 부족하면 그 공이 허물어지는 것과 같다. 不矜細行 終累大德 爲山九仞 功虧一簣." 라는 말에서 유래한다. 암암(岩岩)은 ≪시경(詩經)≫⟨절남산(節南山)⟩에 "우뚝 솟은 저 남산이여, 바윗돌이 겹겹이 쌓여 있도다. 빛나고 빛나는 태사 윤씨여, 백성들이 모두 그대를 바라보도다. 節彼南山 維石巖巖 赫赫師尹 民具爾瞻."에서 인용하였다.

2) 소씨네 형제는 형인 소식(蘇軾)과 아우인 소철(蘇轍)을 가리킨다. 이들은 함께 당송팔 대가(唐宋八大家)에 포함되는 유명한 문인이며, 삼촌인 완적(阮籍)과 조카 완함(阮咸)도 죽림칠현(竹林七賢)의 현자라 일컬을 만큼 일세를 풍미한 가문이다.

3) 자치통감에 나오는 당 대종(唐代宗)이 곽자의(郭子儀)에게 했던 말 "어리석지 않고 귀 먹지 않으면 집안 어른(家翁) 노릇을 할 수 없다. 鄙諺有之 不癡不聾 不作家翁." 라고 한 것을 인용하였다.

兒曹 : 아이들을 이르는 말
復叔咸 : 완적阮籍과 완함阮咸을 능가하다, 부復은 복複과 통용함
篁林 : 竹林七賢, 여기서 황篁은 罕仄 때문에 죽竹과 바꾸어 썼음
休怪 : 괴이하게 여기지 마라
半是誠 : 반은 지성이 있고 멀쩡하다

🍃감상

무릇 자손들이 잘되기를 바라는 것은 예나 지금의 부모가 다르지
않다. 자식을 키우려면 무너지지 않는 탑을 쌓듯이 공을 들이고 정성을
다해야 한다는 말이다. 삼부자가 당송팔대가에 포함되고, 삼촌과 조카
가 죽림칠현에 포함되는 등 당대뿐 아니라 후세에까지 풍미風靡했던
소씨 집안을 닮고 싶지 않은 부모는 없을 것이다. 시인도 소씨 집안의
성공적인 자식 키우기를 롤 모델로 삼고 싶은 것이다. 어른의 처신
또한 신분의 고하가 다르지 않아서, 당나라 대종唐代宗 임금도 "어리석
은 척하지 않고 귀먹은 척하지 않으면 집안 어른 노릇 하기 힘들다."라
고 신하에게 말할 정도다. 일국(一國)의 제왕도 나랏일 이전에 가정을
건사하여 자손을 잘 기르기가 어렵다는 것을 토로한 것이다. 때로는
바보처럼, 들었어도 못 들은 척, 알아도 모르는 척해야 한다지 않는가.

與張進士和秋七旣望夜
장 진사와 함께 가을 7월 16일 밤에 화운하다

一老錦南⁴⁾一洛陽	충청도 사람 하나 한양사람 또 하나
三分詩坐五更長	셋이 앉아 시 지으며 긴밤 새웠다
書聲庭葉蕭蕭下	시 읊는 소리 따라 마당엔 낙엽 지고
客語爐烟點點香	연기처럼 피워 오른 화롯가 이야기꽃
燕市爲歌⁵⁾秋憾慨	이별의 노래인 듯 가을 소회 비감한데
蘇仙如夢月蒼茫⁶⁾	소동파의 꿈처럼 달빛은 아련하구나
江東⁷⁾欲問君歸處	강동 땅 가는 곳 임에게 물었더니
遙指天晴一鴈方	기러기 날아가는 먼 하늘 가리킨다

---

4) 금남(錦南)은 충청남도의 별칭
5) 이별의 시를 짓는다는 말. 전국 시대 연(燕)나라의 협객인 형가(荊軻)가 태자 단(丹)의
   부탁을 받고 진왕(秦王: 후에 진시황)을 죽이러 떠날 때 축(筑)의 명인인 고점리(高漸離)
   의 반주에 맞추어 비장한 노래를 부르고 작별했다고 한다. ≪戰國策 燕策 3≫
6) 소식(蘇軾)이 지은 〈적벽부(赤壁賦)〉에 물과 달을 예찬한 일.
7) 진(晉)나라 장한(張翰)이 洛陽에서 벼슬살이하던 중에 가을바람이 불어오는 것을 보
   고 고향인 강동(江東)의 순채국(蓴羹)과 농어회(鱸膾) 생각이 불현듯 나서 그길로 벼
   슬을 버리고 바로 고향으로 돌아갔다는 고사에서 인용. ≪晉書 卷92 文苑列傳≫

五更長 : 새벽 3시에서 5시까지에 해당하는 시간, 날이 거의 샜음
蕭蕭下 : 쓸쓸히 낙엽이 떨어지다
點點香 : 향불이 피어 오르듯 가물가물 피워 오르다
燕市爲歌 : 이별을 노래하다

➳ 감상

　깊어가는 가을밤, 멀리 한양에서 내려온 친구와 인근 향리에 있는
친구까지 사랑채에 앉아 서로 운을 따서 시를 짓고 있다. 수창酬唱하는
소리의 청각적 이미지와 마당에 하나둘 낙엽이 떨어지는 시각적 이미
지가 절묘하게 연동되어 확연한 가을이 느껴진다. 차가워진 밤공기를
덮히고 있는 화롯불 연기를 보면서 '이야기꽃이 하늘하늘 피어오르고
있다'라고 표현함으로써 역시 청각적 상황을 시각적 이미지로 전환
시켜 놓았다. 경련의 출구出句는 형가荊軻의 비장한 이별 노래를 가을
소회로 소환해 오니 더욱 비창悲愴한 가을이 되었다. 그 비감한 노래
너머 마당에 내리는 달빛은, 소동파가 친구들과 적벽부에 배를 띄웠
을 때 비추던 칠월 열엿새 날의 달빛이다. '계수나무 삿대로 허공에
흐르는 달빛을 저으며 머나먼 하늘가에서 그리운 임을 생각하던 아
련한 그 달빛'인 것이다. 나그네에게 갈 곳을 물은들 딱히 정해져
있겠는가. 그저 기러기 날아가는 남쪽을 향해 '구름에 달 가듯' 가고
있을 뿐.

與朴禮山滄北[8]李友薇史共和
예산 박창북과 벗 이미사와 함께 화운하다

山欲淸虛水欲明	티 없이 맑고 좋은 산수는
一笻十里喜相迎	십리 길 늙은 걸음 기쁘게 맞아주네
疎星野屋羣枕睡	함께 누운 초가 위로 성긴 별 뜨고
冷雨隣灯獨杵鳴	찬 기운 내린 등잔 곁에 다듬이 소리 외롭네
白髮秋聲滄北樹	숲에서 들려오는 가을 깊어가는 소리
靑袍夜說洛陽城[9]	벼슬했던 서울 얘기 재미 삼아 하다가
呼兒覓酒看棋坐	바둑 두며 아이 불러 술 찾는데
時有霜風似北征[10]	북으로 길 떠나는 양 찬 바람 소리 들리네

---

8) 19세기 말 문인 박긍순(朴兢淳, 1806~1873)의 호. 박긍순은 충청남도 청양 정산에 거주하며 안동 김문(金門)과 교류하였으며 시인 우주영과도 같은 향리에 거주하며 교류하였다.
9) 청포(靑袍)는 벼슬을 말하며, 낙양성(洛陽城)은 서울(한양성)을 말한다.
10) 두보의 시 〈北征(북정)〉에 "나 두보는 북녘으로 길을 떠나 멀고 아득한 집을 찾아 나선다. 杜子將北征 蒼茫問家室."라고 한 말에서 인용.

清虛 : 티 없이 깨끗하다
一笻 : 한 늙은이
羣枕睡 : 여럿이 잠자리를 함께했다
冷雨 : 찬 기운이 내려오다
杵鳴 : 다듬이질 소리
白髮秋 : 하얗게 서리 내린 가을
滄北樹 : 박긍순의 집에 울을 두른 나무숲
夜說 : 밤에 재미삼아 하는 이야기
覓酒 : 술을 내오라 하다

🍃 감상

　십리 길 마다하고 친구 집을 찾아왔다. 초가집 하늘에는 성긴 별 뜨고, 가을이 깊어가는 마을 어딘가에서 다듬이 소리 혼자 깨어 있다. 서울에서 벼슬살이했던 친구 얘기며 바둑을 두면서 이것저것 살아온 얘기를 하다가 출출한 시간이 되자 아이에게 술상을 내오도록 한다. 마지막 구절의 '찬 바람 소리 들리는 것'을 '북으로 길 떠나는 것'이라고 두보의 시 〈북정北征〉을 용사用事하여 분위기를 숙연하게 마무리하였다. 두보는 시 〈북정北征〉에서 "나는 이제 북녘으로 길을 나서 아득히 먼 곳 내 집으로 가야 한다. 나라에는 고난과 걱정이 쌓여 있는 때라 아침 들판은 한가롭지 않게 보였다"라고 읊었다. 찬 겨울바람은 '북에서 내려오는 바람'일진대, 이를 '북으로 길 떠나는 두보의 발걸음'이라고 비유한 역설적 발상이 참신하다.

次薇史伊字¹¹⁾
미사의 '伊'자 운에 차운하다

抱琴歌雪所懷伊	거문고 타며 백설가 부르던 그대 생각
興到吾將白髮雖	늙기는 하였으나 나도 흥에 이르네
秋易傷情何物也	가을이면 무엇이 이토록 마음 아프게 하고
酒寧負債¹²⁾此生而	이 생애 어찌하여 외상 술값만 남았나
畫看雲豈無心者	그림 같은 구름 보면 어찌 무심하다 하랴만
俗問山應不語之¹³⁾	산에 사는 연유 속세에서 물으면 대답 안하리
薇史寒耶¹⁴⁾蕭瑟坐	소슬하게 앉아 있는 미사는 추워서런가
梧牕書月夜如其	창에 스민 달빛에 글 읽는 밤이 그와 같다네

---

11) 이 시에 사용된 운(韻)은 평성(平聲) 지운목(支韻目)인데, 미사(薇史)라는 사람이 '伊'자 운을 사용하여 지은 시에 '伊‧雖‧而‧之‧其'字의 압운(押韻)을 써서 시인이 차운했다.

12) 두보(杜甫)의 시 〈曲江(곡강)〉에 "외상 술값이야 세상 어디나 보통 있는 일이지만, 일흔까지 사는 사람은 예로부터 보기 드물다네. 酒債尋常行處有 人生七十古來稀."라고 한 말에서 인용.

13) 이백의 시 〈산중문답(山中問答)〉에 "어찌 산중에 사느냐고 물으면 웃으며 대답하지 않지만, 마음은 절로 한가롭네. 問余何意棲碧山 笑而不答心自閑."라고 한 말을 인용.

14) 조선 후기 문인 이옥(李鈺)은 〈士悲秋解(사비추해)〉에서 "선비가 가을을 슬퍼하니 서리 내리는 것을 슬퍼함인가? 초목이 아닌 것이다. 장차 추워지는 것을 슬퍼함인가? 기러기와 겨울잠 자는 벌레가 아닌 것이다. 士悲秋 悲霜耶 非草木也 悲將寒耶 非鴻與蟄蟲也."라고 하였다.

秋易 : 가을
何物 : 어떤 대상
山應 : 산에 사는 연유에 대한 응답
寒耶 : 추워서인가?
梧牕 : 오동나무 그림자 비치는 창
書月 : 달빛으로 글을 읽다

⮞ 감상

가을은 인생의 황혼기에 비유되기도 한다. 그래서 가을이 되면 사람들은 자신의 지난 삶을 한번 돌아다보고 저물어가는 인생에 대한 회한에 젖기도 하는 것이다. 어찌 인생에 외상술값만 남겼으랴만 무엇이 이토록 마음 아프게 하는지도 모르게 울적한 것이 가을이다. 시인은 그림 같은 저 구름을 보면서 초야에서 은일隱逸하며 청한낙도淸閑樂道하고 있다. 이백은 〈산중문답〉의 시에서 "어찌 청산에 사느냐고 묻기에 그저 웃기만 했으나, 마음은 절로 여유롭다네."라고 하였다. 이백의 문답이 아니어도, 이미 승속僧俗의 경계를 넘은 사람에게 굳이 산에 사는 연유가 따로 있을 리 없다. 야심이나 과욕이 없는 자만이 유연히 흰 구름을 바라볼 수 있고 옛 선인의 덕풍德風을 진실로 느낄 수 있다고 하였으니 이것이 출세간出世間 아니겠나.

이 시는 지운목支韻目에 해당하는 '伊‧雖‧而‧之‧其'字로 押韻 하였는데, "者, 坐"를 제외하고는 구체적인 뜻을 갖지 않은 허사를 써서 시를 완성하였다. 그러므로 이 시에서는 산구散句와 대구對句의 전개가 기승전결起承轉結의 고리로 연결되지 않고 특정 운에 화운해야 하는 작시 상황에 더 충실했다고 볼 수 있다.

得餘字
'餘'자를 얻어 짓다

烟收雲宿谷如虛	안개 걷히고 구름 머문 고적한 마을
薇史灯題野史初	미사가 등제를 짓자 야사가 첫머리 썼다
海月知君來澹泊	그대 마음 아는지 달 빛 맑더니
庭梧送客立扶疎	그대 보내는 뜰의 오동 무성히 서 있네
黃昏留約梅傳妓	황혼빛은 매화에 머물러 아리따운데
白雪歸唫屨代車	나는 눈길을 시 읊으며 걸어왔다
問爾沙鷗身世處	내 처한 신세 갈매기에게 묻는다
夢非夢是夢猶餘	비몽사몽 살았어도 꿈은 아직 있지 않냐고

谷如虛 : 텅 빈 것 같은 마을, 곡숲은 마을
燈題 : 음력 정월 보름이나 중추절 밤에 초롱에 수수께끼의 문답이나 시를 써넣는 놀이
灯 : 燈의 俗字
立扶疎 : 무성하게 서 있다.
留約 : 얌전하게 머물러 있다.
傳妓 : 아리땁게 남겨놓았다.
屨代車 : 수레 타지 않고 걷다.
歸唫 : 시 읊으며 돌아오다.

✑ 감상

　중국 광동성에 있는 나부산羅浮山은 매화의 산지라고 한다. 수隋나라 조사웅趙師雄이 하루는 나부산 매화촌의 한 술집에서 아름다운 여인과 술을 마시고 밤새 즐겼는데, 아침에 깨보니 큰 매화나무 아래였다는 고사가 있다. 상우록尙友錄에 있는 기록이다. 매화는 아름다운 여인에 비유되고 많은 묵객의 시선을 끌어왔다. 하물며 황혼빛이 매화에 머물러 있는 고혹한 순간을 일곱 글자 안에 담기가 어찌 수월했겠는가. 시인은 머릿속에 떠오른 시상이 지워지기 전에 눈길을 걸어오며 시를 다듬고 다듬었으리라. 비록 지금까지는 비몽사몽으로 살아온 신세지만, '아직은 꿈이 남아 있다'고 갈매기에게 "갈매기야 그렇지 않은가."하고 다짐하면서.

再疊餘字
다시 거듭 '餘'자를 얻어 짓다

幽屋三更萬籟虛[15]	적막한 은자의 집 한밤중에
孤燈翁一坐如初	늙은이 하나 등불 아래 여전히 앉아 있다
天然學佛毛猶怪	상투 보니 선승이라 할 수 없고
宛是參仙貌太疎	신선이라 하기에도 너무 다른 모습이다
有月知心庭似水	내 맘처럼 달빛은 잔잔한 호수같고
無風傾俗世同車	탈 없는 세류에 수레처럼 가는 세월
梅花暗動[16]黃昏約	매화 향기 그윽하게 소식 전하더니
瘦骨相憐半白餘	마른 가지에 백매화 몇 송이 안쓰럽게 피었다

幽屋 : 그윽한 곳에 위치한 은자가 사는 집
萬籟虛 : 세상의 모든 소리조차 잠든 듯 조용하다
坐如初 : 초지일관 앉아 있다.
學佛 : 선승禪僧
參仙 : 신선
宛是 : 분명히 ~ 하다.
貌太疎 : 너무 먼 모습이다
風傾俗 : 풍속이 기울어질 만큼 거친 세류
約 : 符信, 상서로운 소식
瘦骨 : 앙상하게 마른 나뭇가지
相憐 : 피어나는 모습이 안쓰럽다.

---

15) 모든 구멍에서 불어 나오는 바람 소리. ≪장자(莊子)≫〈제물론(齊物論)〉에 나온다.
16) 송나라 임포(林逋) 시〈산원소매(山園小梅)〉에 "맑은 물 위에 성긴 그림자 가로 비끼고,
   은은한 달빛 속에 향기 그윽하네, 疏影橫斜水淸淺, 暗香浮動月黃昏."라고 한 말에서 인용.
   ≪宋史 卷457 隱逸列傳≫

감상

　유옥幽屋은 은자가 사는 그윽한 집이며 더구나 삼경三更은 한밤중이다. 일촉一燭의 불빛 아래 밤늦도록 노옹은 무엇에 그토록 골몰해있는 것일까. 현세에 수행을 오래 하고 적덕하면 우화등선羽化登仙하여 선계에 노닐게 된다는 것은 뿌리 깊게 내려오는 믿음이다. 묵상 끝의 마음은 뜰을 흠뻑 적시고 있는 달빛처럼 평온하다. 그런 평화의 상태가 아무런 탈 없이 세류에 따라 수레바퀴처럼 굴러가기를 바라는 것이다. 매화의 남편임을 자처했던 송나라 때 시인 임포는 그의 시 〈산원소매 山園小梅〉에서 "맑은 물 위에 매화나무 성긴 그림자 가로 비끼어 비치고, 황혼 녘 달빛 속에 은은한 향기 퍼진다."라고 노래하였다. 임포는 황혼 녘 달빛이 품은 매화 향기를 예찬하였지만, 이 시인은 어지러운 세파 속에 향기 피우며 피어나는 백매화 몇 송이가 안쓰럽고 대견하다고 하였다. 심오한 수행 끝에 찾아온 마음의 평화처럼, 온갖 풍상을 겪은 끝에 피어난 매화는 시인 자신의 모습이기도 하다.

詠雪
눈을 노래하다

銀海鹽山隙地無	세상이 온통 은빛으로 변했다
化翁終夜積工夫	조물주 공력으로 밤새도록 쌓인 눈
輕投柳絮紛紛蝶	분분히 날리는 건 나빈가 꽃가룬가
細着梅枝點點珠	방울방울 가지마다 맺힌 매화봉오리
渾失村容塵面幻	마을 모습 혼연히 감추고 풍진도 덮어
滿藏壑腹病腸蘇	속 깊이 들었던 병 소생한 듯 말끔하다
萬家粉壁千家鏡	하얗게 꾸민 집들 온 마을 거울 되어
不用黃金這裏沽	돈 들이지 않아도 이곳에서 판다네

銀海鹽山 : 천지가 은빛 소금밭이 되었다
隙地無 : 빈틈없이 가득하다
化翁 : 조물주
點點珠 : 옥구슬같이 방울방울 맺혔다
壑腹 : 뱃속 구석구석

🦢 감상

은비늘처럼 반짝이는 들판이며 소금산처럼 하얀 언덕, 온 세상이 틈도 없이 눈으로 덮였다. 은세계로 변한 땅 위에 또 눈이 내린다. 하얀 눈송이는 마치 배추 흰 나비 떼처럼 하늘로 날아오르는 것 같기도 하고, 풀풀 나는 꽃가루 같기도 하다. 하얀 눈은 홀연히 마을 모습을 감추었고 세상의 모든 어두운 것들을 숨겼다. 깨끗하다. 속 깊이 들었던 마음 병 다 씻어내고 소생한 듯 말끔하다. 조물주가 내린 이 공력에 누가 사사로이 권리를 주장할 수 있겠는가. 누구나 마음껏 소유할 수 있는 것을.

箕山盖有 牟先生云 業有識荊¹⁷⁾之願
而南北落落 天以雨送之 滯留一旬

기산에 계셨던 모 선생이 말씀하기를 '이전부터 식형의 소원이 있었는데
멀리 떨어져 있었네. 하늘이 비를 보낸것이니 열흘만 머물다 가게나.' 하였다

客過天地一蘧廬¹⁸⁾	천지의 나그네 객주가 되니
生色梧南¹⁹⁾水石墟	오남의 자랑은 자연경관 이라네
難會平生雲遠遠	만나 볼 겨를 없어 구름처럼 멀더니
偶緣信宿雨疎疎	우연히 묵었는데 소소히 비 내린다
家聲同是三韓古	집안 명성 대대로 한결같고
筆力至今五老²⁰⁾餘	다섯 노인 능가하는 그 필력 여전하다
安得琴風書月夜	달빛 아래 시 짓고 거문고 타며
有逢無別近隣居	어찌하면 그대와 이별 없이 지낼거나

---

17) 훌륭한 사람을 사모한다는 말이다. 이백(李白)이 형주 자사(荊州刺史) 한유(韓愈)에게
보낸 편지에 "만호후(萬戶侯)를 원치 않고, 다만 형주께서 한 번 알아주기를[識荊] 바란
다."라고 한 말에서 유래한다.

18) 거려(蘧廬)는 주막이나 객주 등의 뜻으로 쓰인다. ≪장자(莊子)≫〈천운(天運)〉에 "인
의는 선왕의 객주다. 仁義 先王之蘧廬." 하였다.

19) 시인 우주영의 호이기도 하며 충청남도 청양군 목면 오산리, 속칭 오살미 이다.

20) 宋나라 때 두연(杜衍)이 관직에서 물러나 상구(商丘)라는 곳에 살면서 관직에서 물러
난 왕환(王渙), 필세장(畢世長), 주실(朱實), 풍평(馮平) 등 네 명과 오로회(五老會)를 만
들었는데, 그 당시 사람들의 연령이 모두 80세 이상이었다.≪澠水燕談錄 卷4≫

薕廬 : 여관, 객주 자랑하다, 빛내다
生色 : 자랑하다, 빛내다
水石墟 : 산수 등의 풍경이 좋은 마을, (墟 : 마을)
信宿 : 이틀 밤을 계속하여 묵다.
三韓古 : 삼한시대 이래로, 아주 오랫동안
琴風 : 彈琴風月, 거문고 타며 음풍농월 하다
近隣居 : 가까운 이웃으로 살다

❧ 감상

한시漢詩에서는 종종 일반적인 시제 외에 운자韻字를 따서 제목으로 하기도 하고 시를 쓰게 된 사유를 설명하거나 시를 쓴 일자 등을 제목으로 삼기도 한다. 이 시도 작시作詩하게 된 사유를 풀어서 제목으로 쓴 것 중의 하나다. 모씨牟氏 성을 가진 선생댁을 방문하여 오랫동안 못 만났던 회포를 풀었는데, 마침 비까지 내려 며칠 더 묵게 되는 핑계를 알맞게 대고 있다. 모牟 선생댁은 대대로 명문가임은 물론 모 선생의 문필은 송대宋代 오로회五老會의 노장老壯들을 능가할 만큼 정정하다고 소개하고 있다. 좋은 사람과 달빛 아래 거문고를 타면서 시를 짓고, 신선처럼 지내고 싶은 소망이야 누군들 마다할 일이겠는가.

贈汪湖趙雅²¹⁾春府晬
조 왕호의 춘부장 생신에 드린다

又見仁人世壽家	어진 분 또 뵈었네, 대대로 장수하며
烟霞此地學僊多	신선 술 깊이 배운 선계 같은 이곳
蘭庭雙誦丹砂訣²²⁾	난초 핀 뜰에서 단사 비결 주고받고
琴屋偕吟白雪歌²³⁾	거문고 타며 모두가 백설가 부르네
是夜灯明南極彩	남극성 별빛 등불처럼 빛나는 이 밤
兩年酒熟大江波	여러 해 익은 술 장강처럼 일렁이네
麻姑抱送扶桑日	저 아침 해는 신선이 보낸 것이오니
繫在長春玉樹柯	옥수 끝에 매여놓고 늘 봄이 되시라

---

21) 누구인지 미상이다. 왕호(汪湖)는 호로 추정되고, 조아(趙雅)의 '雅'는 상대방에 대한 미칭이다.
22) 단사는 수은과 유황의 혼합물로 도가에서 술사(術士)들이 제련한다는 단약(丹藥)을 가리킨다. 단사의 비결은 불로장생하는 금단(金丹)의 제조법을 말한다. 본초(本草)에는, "단사를 오래 먹은 자는 신명(神明)을 통하고 늙지 않으며 몸이 가벼워져 신선이 된다." 라고 하였다.
23) 송옥(宋玉)의 〈대초왕문(對楚王問)〉에 "춘추 시대 초(楚)나라의 백성들이 비교적 부르기 쉬운 '하리(下里)'와 '파인(巴人)'은 수천 명이 따라 불렀는데, 고상한 '백설(白雪)'과 '양춘(陽春)'의 노래는 너무 어려워서 겨우 수십 명밖에 따라 부르지 못했다."고 하였다. ≪文選 卷23≫

烟霞 : 고요하고 그윽한 山水의 경치
學僊多 : 신선술을 많이 공부하다
雙誦 : 둘이서 외운 내용이나 시문 등을 주거니 받거니 하다
南極 : 남극 노인성南極老人星으로 오래 사는 상징
麻姑仙女 : 전설에 나오는 신선 할미
扶桑 : 동쪽 바다 해가 뜨는 곳에 있다는 신성한 나무
玉樹 : 아름다운 나무, 재주가 뛰어난 사람을 비유적으로 이름

ᓀ 감상

조씨가趙氏家를 방문하였을 때, 친구 왕호의 춘부장 어르신 생신에
올린 헌시獻詩다. 인덕仁德이 넉넉하고 대대로 장수하시는 어르신은
흡사 단사비결丹沙秘決을 터득한 신선과 같았다고 본 것이다. 집안
풍경도 선계요, 사는 모습도 신선의 세계처럼 평화로운 데다가 저녁
하늘에 뜬 남극성의 별빛 또한 환히 빛난다. 가운家運은 가히 양양洋洋
하다. 게다가 주연酒筵에 내온 오래 익은 신선주가 장강처럼 넘쳐나
니 그 자리에 더 바랄 것이 무엇이 있겠는가. 내일 아침 떠올라
이 집을 비추는 해는 반드시 신선의 나라인 부상扶桑에서 보낸
것일 테니 꼭 잡아서 옥수에 붙들어 매 놓고 백년 내내 가지 않는
봄이 되라고 축원한다. 이보다 더한 찬미가 있을까. 아름답다.

卽事
즉흥으로 읊다

野草烟深岑柳眠	안개 속에 졸고 있는 강기슭 수양버들
天機活潑自然然	봄기운 용솟음치면 저절로 그러하지
幾風幾雨花三月	몇 번의 비바람에 꽃 피운 삼월인데
半酒半詩客一年	일 년 세월 돌아보니 시와 술로 보냈다
山色初醒雲去後	안개 걷히자 산빛 막 깨어나고
水聲多在鷺飛邊	백로 곁에 물소리 잦아진다
將他細瑣春宵恨	저 자잘한 봄밤의 한탄으로
啼不相關任杜鵑	한껏 우는 두견새에 마음 두지 않으리

烟深 : 안개가 짙다
天機 : 만물을 주관하는 대자연의 기미, 봄의 기운
自然然 : 자연 스스로 그러하다
客 : 지난 세월
多在 : 자주 있다.
細瑣 : 자질구레하고 사소하다

🐟 감상

　수양버들도 봄 안개 속에 졸고 있다. 봄기운이 왕성해지면 만물이
다 춘곤증을 겪기 때문이다. '한 송이 국화꽃을 피우기 위해 봄부터
소쩍새는 그렇게 울고, 천둥은 먹구름 속에서 그렇게 울었'듯이 몇
번의 비바람에 꽃 피운 봄인가. 사나운 비바람에 흔들리며 피운 꽃처
럼, 시인도 세파풍진世波風塵을 잊으려 술을 마시며 한 송이 꽃을 피우
듯 시를 쓴 세월을 돌아본다. 안개가 걷히고 나니 개안開眼하듯 환한
봄빛이 피어나고 얼음장 밑에 숨었던 물소리도 해방되었다. 부지런한
백로가 물가에 나와 가만히 물소리에 귀를 기울이고 있는 봄의 정경이
다. 모처럼 찾아온 마음의 평화, 기껏 자잘한 한탄조로 우는 두견새에
게 빼앗기고 싶지 않은 것이다.

自敍
스스로 서술하다

西湖家在小江南[24]	소 강남은 호서의 내 고향
坮月樓風一夢酣	산들바람 부는 다락에서 꿈속에 취해보네
春意先看庭草活	뜨락에 새싹 돋아 봄소식 먼저 주니
詩腸編覽野蔬甘	시 흥에 겨워 놀다 보면 시장이 반찬이지
醫書不廢軒[25]嘗百	의서대로 헌원씨처럼 온갖 풀 맛봤지만
酒債猶餘范致三	범성대[26] 술값마냥 외상만 남았네
記誦淵明歸去句	도연명의 〈귀거래사〉 읊으면서
居常惟恐澗林慚	산천에 부끄러운 일상 될까 두려워라

---

24) 경치 좋기로 유명한 중국의 강남 지방을 압축해서 옮겨놓은 듯하다는 말이다. 여기서는 시인(우주영)이 사는 곳(충청도 청양)의 경치가 좋다는 뜻이다.
25) 시인 자신의 일상을 묘사한 말이다. 헌원씨(軒轅氏)는 중국의 전설상 시조인 황제(黃帝)를 말하는데, 식물 중 약초를 분별하여 백성을 질병에서 구제했다고 알려져 있다.
26) 범성대(范成大1126~1193)는 남송(南宋)의 시인으로 그의 시 〈매치애사(賣癡獃詞)〉에 "노인께서 사신다면 돈은 아예 필요 없소, 백 년 천 년 동안 외상으로 드릴테니. 兒云翁買不須錢 奉賖癡獃千百年."라는 구절에서 인용. 범성대의 시는 남송부터 청(淸)에 이르기까지 도연명을 능가하는 전원시의 모범으로 인정받기도 한다.

春意先看 : 봄기운을 먼저 볼 수 있게 한다
草活 : 풀이 소생하여 돋아 나오다
編覽 : 두루 살피며 놀다
野蔬甘 : 채소 반찬도 단맛이 날 만큼 시장하다
嘗百 : 온갖 약재 풀을 맛보아 감별하다
致三 : 자주 이르다
記誦 : 기억해내어 외움
居常 : 보통의 일상생활
澗林 : 개울과 숲. 자연

☞ 감상

중국 강남의 절경을 빼다 박은 듯 아름다운 금남에 시인이 살고
있다. 산들바람 불어오는 봄날, 호반의 누대에서 뒹굴다 보면 일장춘
몽의 달콤함에 취하기도 할 것이다. 양지바른 뜰에 돋아나는 새싹이
바로 봄의 전령이다. 온종일 그 봄의 흥취에 젖어 시를 썼다가 고쳤
다 하다 보면 어느새 시장기가 돈다. 옛날 헌원씨軒轅氏가 그랬듯이
온갖 약초를 감별하고 채집하여 갈무리하는 바쁜 일상을 보내지만
범성대 외상술값처럼 시인의 외상값은 쌓여만 간다. 비록 현재 처지
는 군색하지만, 시인은 도연명의 은일隱逸을 한없이 부러워하여 자신
도 도연명처럼 자연에서 기쁨과 위안을 찾으려 하고 있다. "부귀영
화는 내가 바라던 것 아니었고 신선이 사는 곳도 기약할 수 없는
일. 이렇게 자연을 따르다 돌아갈 것인데 천명을 즐기거늘 또 무엇을
의심하리."라는 귀거래사를 읊으면서 스스로 최면을 거는 것이다.
더하여, 몸을 의탁하고 있는 이 자연에게 만큼은 스스로 부끄럽지
않게 살리라는 다짐도 빠뜨리지 않는다.

和少年遊山韻 二首
'소년유산' 시에 화운하다 2수

1.

少年27)分日28)踏青過	소년들과 분일하여 봄나들이 나서서
山色望樓野色多	누에 올라 풍경 보니 봄빛 완연하다
仙鄕有夢於焉月	어느새 달 뜨니 선계런가 꿈이런가
酒國無風也自波	술 취한 듯 무풍에도 물결 절로 인다
溪桃不網來漁棹	빈 배 복사꽃 따라 노 저어 가고
岑柳如粧向我羅	단장한 듯 버들은 나를 향해 서 있다
春意猶難均物性	성정은 천기도 따라가지 못하여
一鵑啼處一鶯歌	두견새 짝 부르니 앵무새도 찾는다

---

27) 지금은 아주 어리지도 않고 완전히 성숙하지도 않은 사내아이를 소년이라고 하지만 예전에는 특히 당시(唐詩)에 등장하는 소년은 군대에 갈 적령기(適齡期)로 의협심이 넘치는 젊고 혈기왕성한 청년기를 말한다.

28) 왕유(王維)의 〈한식성동즉사(寒食城東卽事)〉에 "소년들은 한창 시절 뛰놀아야 하니 반드시 청명이니 상사 일이니 따질 일이 아니로다. 少年分日作遨游 不用淸明兼上巳."에서 인용하였다.

踏靑過 : 봄나들이 나서다
野色 : 봄빛 풍경
仙鄕 : 신선들이 사는 곳
酒國 : 술에 취하여 느끼는 다른 세상 같은 황홀경
自波 : 강을 따라 떠가듯 저절로 흐른다.
溪桃 : 물가의 복사꽃 핀 곳을 따라간다
不網 : 그물질하지 않고 목적 없이 떠 있다
漁棹 : 어부는 노를 젓다
春意 : 계절의 기운
難均 : 따라가지 못하다
物性 : 사물의 타고난 본체

◈ 감상

　봄을 맞아 학동들과 산과 들로 답청踏靑을 나서서 겨우내 닫혔던 몸과 마음을 연다. 봄빛 완연한 산야에서 노닐다 보니 어느새 달도 떴다. 달빛에 비친 강물은 바람이 없는데도 잔물결이 인다. 물 위에 떨어진 꽃잎이 흘러가는 대로 그물질도 하지 않는 빈 배는 하릴없이 노만 젓고 있는데, 강둑의 버들은 머리 빗고 단장한 듯 시인을 향해 다소곳이 서 있다. 한 폭의 산수화를 감상하면서 화제畫題를 읽고 있는 듯이 시각적 이미지가 선명하다. 천기 따라 봄은 왔으나 성정이야 어찌 봄에만 국한하랴. 성정은 천지의 섭리이고 만물이 태어나고 자라고 변화하여 완성되는 시작이다. 두견새가 짝을 부르니 앵무새도 부르고 수컷이 부르니 암컷이 따른다. 만물의 이치다.

2.

青山偏愛少年人	청산은 소년들만 좋아하여
留在鵑花欲暮春	늦봄까지 진달래 오래 남겼네
宿霧初升龍噴氣	짙은 안개는 승천하는 용이 기를 뿜는듯
奇岩全老佛傳神29)	오래된 기암괴석은 부처의 형상인 듯
齊烟30)拍地三分局	운무 뚫고 솟은 봉우리 세 형세로 나뉘어
天勢環郊一大輪	외곽을 두르고 커다란 산무리 이뤘는데
行盡層高仙可語	오르던 길 다하면 신선과 말을 할 듯
白雲多處住筇頻	흰 구름 많은 곳으로 지팡이 질 빈번하다

留在 : 머물러 남아 있다
鵑花 : 두견화, 진달래
初升 : 솟아 오르다
全老 : 아주 오래되다
齊烟 : 구름을 뚫고 오르다. 제치고 솟다. (齊는 오르다의 뜻)
拍地 : 땅을 박찬 기세
三分局 : 형국이 삼분되다.
一大輪 : 커다랗게 원형을 이룬 한 무리
行盡 : 가던 길이 다함
住筇 : 지팡이 질

---

29) '전신사조(傳神寫照)'의 준말, 초상화를 그릴 때 인물의 외형 묘사뿐 아니라 인격과 내면세계까지 표출해야 한다는 초상화론.
30) 제연구점(齊烟九点)의 준말, 운무 속에 솟아있는 태산泰山의 아름다운 아홉 봉우리를 일컫는 말에서 옴

☙ 감상

춘운春雲을 헤치고 산에 올랐더니 진달래가 남아 있다. 아직 봄이 다 지나지 않았기 때문이다. 진달래와 철쭉은 잘 구분이 안 되는 꽃이다. 두 꽃의 개화 시기는 봄과 여름이 나누어지는 분기점으로 진달래는 봄꽃이라서 양력 3~4월경에 피고 철쭉은 여름꽃이라서 5월에 핀다. '진달래꽃은 참꽃이고 철쭉꽃은 개꽃'이란 말도 있다. 진달래는 꽃으로 화전을 부쳐 먹거나 두견주를 담가 먹을 수 있지만, 철쭉꽃은 독성이 강해서 먹지를 못하니 실용적인 면에서만 본다면 '개꽃'이라 불릴 수도 있겠다. 기암괴석과 풍광이 뛰어나 신선이 살만큼 멋진 곳을 일러 '동천東天'이라 하는데 세속에서 벗어나고픈 은자隱者들이 찾는 곳이다. 그러한 일망무제一望無題 조망처는 산행객에게도 최고의 장소다. 모처럼 분일分日하여 오른 곳이 동천의 한 자락이었으니 기왕이면 신선을 만나보고 싶은 바람은 당연할 것이다. 숨 가쁘게 걸음 재촉하고 있는 흰 구름 머문 곳, 신선을 만나볼 요량이다.

滄北見訪
창북이 찾아오다

終夜鵑聲孰怨尤	밤새 울던 두견새 누굴 그리 원망했나
旅人多在月明樓	대부분 사람들 월명루에 있는데
登高[31]宛若空中語	더 올라 기어이 빈말이듯 하려는가
稱老猶難最上頭	늙어서 어렵다며 꼭대기에 오른다
騷客看梅眞白面	시인은 매화의 기품을 보려 하고
酒家垂柳想青州[32]	주막집 버들은 좋은 술만 꿈꾸려네
枕泉[33]惟恐心源濁	누워 생각에 심성이 흐려질까 두렵더니
曉雨生新去舊流	새벽 비에 씻긴 물결 새로이 흘러간다

---

31) 등고필부(登高必賦)의 준말. 군자는 높은 산에 오르면 반드시 시를 지어 회포(懷抱)를 푼다는 말로, 『한시외전(韓詩外傳)』에 공자가 景山에 올라가서 제자들에게 "군자는 산에 오르면 반드시 시를 읊게 마련이다. 君子登高必賦."라는 기록이 있으며, 『한서(漢書)』〈예문지(藝文志)〉에, "산에 올라가 시를 읊을 줄 알아야 대부의 자격이 있다. 登高能賦 可以爲大夫."라는 기록이 있다.

32) 청주종사(青州從事)를 말한다. 청주종사는 좋은 술을 일컫는 말이라고 세설신어(世說新語)에 전하며, 종사(從事)는 관직명으로 주부(主簿)라고도 하는데 청주종사(青州從事)가 술을 잘 구별했다고 한다.
*세설신어(世說新語): 중국 남조(南朝) 송(宋)나라의 유의경(劉義慶: 403~444)이 편집한 후한(後漢)말부터 동진(東晉)까지의 명사들의 일화집)

33) 진(晉)나라의 손초(孫楚)가 '돌을 베개 삼고 흐르는 물로 양치질한다. 枕石漱流'를 잘못 말하여 '흐르는 물을 베고 돌로 양치질 한다. 枕流漱石'라고 말하자, 왕제(王濟)가 그런 말이 어디 있느냐고 조롱하니 '흐르는 물을 베개 삼는 것은 귀를 씻기 위함이요, 돌로 양치질하는 것은 이를 닦기 위함이라.'라고 받아넘긴 고사에서 인용.

旅人 : 대부분의 사람들
空中語 : 실질이 없는 빈말, 헛된 말
眞白面 : 내면에 담고 있는 본디의 기품
心源濁 : 마음의 근원이 더러워지다

宛若 : 宛如. ~인 것처럼
騷客 : 시인, 묵객
枕泉 : 속된 귀를 씻으려 샘을 머리에 두고 누웠다
去舊流 : 옛 물은 흘러 가버림

감상

중국 태산에 가본 사람은 그곳에 있는 각석문刻石文들을 보면서 태산의 감흥을 강하고 진하게 느꼈을 것이다. 태산의 바위란 바위에는 수많은 세월에 걸쳐 중국의 역대 제왕과 정치인, 시인 묵객이 남긴 글들로 가득하여 빈자리가 없을 정도다. 이를 등고필부登高必賦라 한다. '군자는 산에 오르면 반드시 시를 읊게 마련'이라든가, '산에 올라가 시를 읊을 줄 알아야 대부의 자격이 있다'라고 한 것들이다. 공자께서도 "동산東山에 오르고 나서 노나라가 작다고 여겼고, 태산泰山에 오른 후 천하가 작다고 여겼다."라고 하였다. 그러니 시인은 조금이라도 더 높은 곳으로 올라가려고 늙은 몸을 아끼지 않는 것이다.

미련에서는 손초孫楚의 고사를 용사하였는데, 옛날 진晉나라 때 손초가 '침석수류枕石漱流'를 잘못 말하여 '침류수석枕流漱石'이라고 말하자 옆에서 듣던 왕제王濟가 "그런 말이 어디 있느냐?'고 하니, "흐르는 물을 베고 자는 것은 귀를 씻기 위함이요, 돌로 양치질하는 것은 이를 닦기 위함이다."라고 받아넘겼다고 한다. 이 고사를 인용한 시인은 마음의 근원이 탁해질 것을 두려워하여 아예 '샘을 머리맡에 두고 누웠다'라고 하였다. 새벽에 내린 비에 낡은 것들 모두 씻겨지고 새로운 물이 흐르고 있으니 다행이다.

* 침석수류(枕石漱流) : 돌을 베개 삼고 흐르는 물로 양치질한다.
* 침류수석(枕流漱石) : 흐르는 물을 베고 돌로 양치질한다.

美堂詩社鄉飲原韻
미당 시사 향음례 원운

盛會芳隣古俗行　　성대하게 모여 고유 풍속 행하는데

美堂34)山水氣更明　　미당의 경치 좋고 날씨도 맑아라

主賓35)分坐儒衣服　　유의 입은 주빈이 나누어 앉아

老少相酬某姓名　　노소가 술 권하며 인사 나눈다

十室36)吾鄉初習禮　　우리 마을 처음 하는 향음례에

一心君子盡輪情　　한마음 군자되어 모두 다 마음 섞네

罷筵別有風流處　　자리 끝나도 풍류는 따로 이어져

白日詩場各逐誠　　백일장에 저마다 참된 경쟁을 하네

盛會 : 성대하게 베풀어진 행사

芳隣 : 이웃에 대한 미칭美稱

某姓名 : 통성명하며 인사를 나눔

習禮 : 예절이나 예식을 미리 익힘, 향음례를 익힘

罷筵 : 연회를 다 마침

---

34) 충남 청양군 장평면 미당리(美堂里). 시인의 이웃 마을이다.

35) 향음례를 행할 때 고을 수령이 주인(主)이 되고 선비 중에서 어진 자를 골라 손님(賓)으로 삼아 예를 진행하였다.

36) 열 가구쯤이 사는 작은 마을이라는 말이다. ≪논어≫〈공야장(公冶長)〉에 "열 가구가 사는 작은 마을에도 나처럼 충성스럽고 믿음 있는 사람은 반드시 있겠지만, 나처럼 학문을 좋아하는 사람은 아마 없을 것이다. 十室之邑 必有忠信如丘者焉 不如丘之好學也." 하였다.

☞ 감상

조선 후기 유학자 강필효姜必孝가 쓴 것으로 전해지는 「향음례첩鄕飲禮帖」 서문에는 향음례의 의미와 절차 등이 자세하게 나와 있다. "주인과 손님은 천지天地 의 형상을 비유한 것이고, 주인 시중드는 자와 손님 시중드는 자는 음양陰陽을, 세 사람의 손님은 해·달·별, 네 방향으로 앉는 것은 사계절을 뜻하며 앉는 위치는 서북 서남 동남 동북이다. 또 쓰이는 그릇 종류는 술통과 도마와 술잔이며 올리는 음식은 육포와 소금이다. 의식은 단에 오르내리고 절하고 읍하며 축문을 읽고 끝난 축을 사르는 것이며, 의식의 서열에는 장유, 귀천, 성쇠의 분별이 있다. 의식의 가르침은 입효入孝 출제出悌 존현尊賢 양로養老의 절목이다. 시는 정아正雅 해야 하고 음악은 생가笙歌로 한다. 그 의식을 의義로써 하면 쉽게 알고 도道로써 하면 쉽게 행한다. 이것이 곧 예禮이니 단지 음식만 차릴 뿐이겠는가." 하였다. 이처럼 향음례는 술과 음식으로 예의 시작을 찾았고 시례詩禮로서 옛 교훈을 익혀 아름다운 풍속을 잇고자 한 것이었다. 어찌 이인里仁이 돈후敦厚하지 않겠는가.

回婚原韻 林川人
회혼시 원운 임천사람

回婚37)古禮見今稀	지금은 보기 드문 옛 회혼례
雙慶銀河白織機	은하수엔 겹경사 견우직녀 만났네
旭鴈重鳴行醮38)是	아침 기러기 거듭 울어 초례를 고하니
天桃再發送媒非	천상의 복숭아 다시 맺어 어찌 안 보내리오
借粧孫婦嬌供畵	손 며느리 도움으로 꾸민 교태 그림 같으니
學飾兒郎老掩衣	아이에게 치장 배워 늙은 몸 가렸네
仙侶人間安限壽	선녀 같은 배필인데 나이 어찌 한정하랴
後生緣結更同闈	후생에도 인연 맺어 한 집에서 살리라

---

37) 부부가 결혼한 지 60년이 되는 해에 다시 결혼식을 올리는 행사.
38) 결혼식을 치른다는 말이다. 욱안(旭鴈)은 ≪시경≫〈포유고엽(匏有苦葉)〉에 "화락하게
우는 기러기여 해 뜨는 때가 비로소 아침이니라. 총각이 장가들려면, 얼음이 녹기 전에
해야 하리라. 雝雝鳴雁 旭日始旦 士如歸妻 迨氷未泮."라고 한 데서 유래하였다. 신랑
집에서 신부집에 청혼할 때는 산 기러기를 이른 아침 해돋이에 보내는 것이 상례(常禮)
였는데, 이를 전안례(奠雁禮)라고 한다. 또 예식은 얼음이 녹기 전인 정월이나 2월경에
올리는 것이 상례였다고 한다. 『四禮便覽』〈婚禮〉편 참조

雙慶 : 부부의 합동 생일잔치
旭鴈 : 빛나는 아침을 여는 기러기
天桃 : 선가에서, 천상에 있다고 하는 복숭아
送媒非 : 시집 보내지 않을 수 없다
借粧 : 남의 손을 빌려 단장함
仙侶 : 뜻이 맞는 사람을 칭찬하여 일컫는 말
後生 : 뒤에 올 생애, 내세
闈 : 왕후궁의 안채, 집

➥ 감상

회혼례란 결혼한 지 60돌 되는 것을 축하하는 잔치인데 얼마 전
시인의 고향마을 근처인 세종시 금남면에서는 실제 회혼례 해당자가
회혼례를 치렀다는 언론 보도가 있었다. 옛날에는 수명이 짧아 그렇게
오래 사는 경우가 드물었고, 지금은 결혼적령이 늦으니 60년을 함께
산 부부는 예나 지금이나 흔치 않다. 전통의례대로 전안례, 교배례,
서천지례, 서배우례, 합근례 등 모든 절차의 회혼례를 재현했다는 노부
부의 나이는 92세와 87세였다고 한다. 시인은 자신이 살았던 그때에도
보기 드문 회혼례라고 하면서 은하수에 겹경사가 생겨 견우와 직녀가
다시 만난 것이라고 하였다. 천상의 복숭아가 다시 열매 맺어 지상으
로 보내주었기 때문에 가능한 것이라고 하였으니 인간 세상에선 드문
일임이 확실하다. 선녀나 다름없는 배필인데 어찌 나이를 한정하며,
후생에라도 같은 인연으로 다시 만나 늘 봄꽃 피는 집에서 살지 않겠
는가.

得庚字咏梅
'庚'자를 얻어 매화를 읊다

相看白髮似同庚	백발용모 보자 하니 동갑내기 같아서
浮動黃昏笑不驚	그윽한 향기로 꽃피운들 놀라지 않았네
雪³⁹⁾暮孤山魂⁴⁰⁾返婦	고산에 핀 매화 자태 아내와 바꾸더니
留宵遙塞淚回兵	이 밤 묵고 변방에 눈물로 돌아가리
珠人弄月疎枝吟	달과 어우러진 매화 가지마다 시 읊고
詞客偸香瘦骨淸	묵객들 탐낸 향기 마른 가지에 청아하네
最愛延簷春色早	처마 밑에 끌어들인 가장 이른 봄꽃 소식
百花頭上爾平生	그대 생애, 만 꽃 중에 으뜸이리라

同庚 : 같은 나이
浮動 : 暗香浮動, 그윽한 매화꽃 향기
黃昏 : 은은하다
笑 : 꽃이 피다
珠人 : 농주인(弄珠人)의 준말, 매화를 가리키는 시어
返婦 : 아내와 바꾸다
留宵 : 체류하던 밤
疎枝 : 성긴 가지
瘦骨 : 앙상하게 마른 나무
延簷 : 처마 밑 담장 안으로 끌어 들이다
頭上 : 으뜸

---

39) 雪, 魂은 玉雪과 氷魂으로 매화의 고결함을 나타낸다. 소식(蘇軾)은 시 〈송풍정하매화
성개(松風亭下梅花盛開)〉에서 "나부산 아래 매화 마을에는, 옥설이 뼈가 되고 얼음이
넋이 되었네. 羅浮山下梅花村 玉雪爲骨氷爲魂." 하였다.

40) 항주(杭州)의 서호(西湖)상에 한 봉우리로 독립해 있는 산으로 경치 매우 뛰어난 곳이다.
그 위에 독보적인 매화 시인 임포(林逋)의 사당이 있다. 『대명일통지』〈절강포정사〉.

🍃 감상

　　송나라 때 임포林逋는 항주의 서호 근처 고산孤山에 은일隱逸하였던 시인이다. 그는 아내와 자식도 없이 평생 매화를 심고 학을 기르며 고산 자락을 떠나지 않고 살았는데, 사람들은 그를 보고 '매화를 아내 삼고 학을 자식 삼았다'고 하였다. 이로부터 '매처학자梅妻鶴子'라는 말이 유래하여, 풍류를 즐기며 초야에서 정한靜閑하게 사는 사람을 가리켜 '매처학자'라 부르게 되었다. 시인은 임포의 고사를 빌려오고 '庚'자 운을 빌려와 첫련 첫구부터 끝련 끝구까지 매화를 노래하였다. 하얗게 핀 백매화를 자신의 백발에 견주어 동갑내기 같다고 하였으니 시인이 얼마나 매화를 사랑하고 가까이했는지 알 수 있다. 그러니 만 가지 꽃 중에서 매화가 으뜸이라고 단정한 것은 오히려 당연하지 않을까.

再疊庚字 二首
다시 '庚'자를 얻어 짓다 2수

I.

旱天三月曝三庚	가물고 무더운 삼복더위에
移席松陰鶴眄驚	그늘로 옮겼더니 졸던 학이 놀랜다
聽鳥遙憐歸蜀[41]帝	가련한 촉땅 임금 두견새 되어 울고
着棋暗動入秦兵[42]	태연하게 바둑두며 침병을 물리쳤네
柴門近水穉兒潔	문전에 강이 있어 어린아이 청결하고
露竹當廚小犡清	외양간 곁 대숲 이슬 송아지 씻기운다
頭葛醉頹義上枕	망건은 술 거르다 헤지고 술병 나 누웠는데
天然栗里老先生[43]	천연스레 율리사는 노선생이라 한다

---

41) 옛날 촉(蜀)나라 두우(杜宇) 왕이 신하에게 왕위를 빼앗기고 그의 혼이 소쩍새[子規]가 되어 타향을 떠돌아다니며 우는데 그 소리가 마치 "歸蜀道 不如歸(촉도로 돌아가자, 돌아감만 못하다)"라고 하는 것처럼 들렸다는 고사를 인용한 표현이다.

42) 진(晉)나라 대부 사안(謝安)이 진(秦)나라 侵兵 100만 대군을 8만으로 대파한 비수대전에 임했을 때 극도의 평상심을 유지하며 태연히 바둑을 두었다는 고사 사안위기(謝安圍棋)에서 인용하였다. 비수대전은 5호 16국 시대뿐 아니라 중국사를 통틀어 약(弱)이 강(強)을 이긴 대표적인 사례로서 조선에서도 비수대전은 늘 선망의 주제이기도 했다.

43) 도연명(陶淵明)처럼 전원에서 살겠다는 말이다. 율리(栗里)는 도연명이 은거하던 곳으로 그가 다섯 그루의 버드나무(五柳)를 그곳에 심었다 해서 도연명을 오류선생이라고도 불렀다.

旱天三月 : 3개월 내내 가물다	曝三庚 : 삼복더위
眊 : 졸다. 눈이 흐리하다	暗動 : 태연한 자세를 취하였다
近水 : 물에 가까이 있다	稺兒 : 어린아이
小犉 : 송아지 (犉얼룩소머리 휘)	當廚 : 외양간 옆
醉頹 : 자주 술을 걸러서 망가졌다	甕上枕 : 병으로 눕다

🌊 감상

귀촉도는 자규, 두견새, 불여귀, 접동새, 소쩍새 등 이름은 조금씩 다르지만 같은 과에 드는 새다. 억울하게 죽은 촉蜀나라 두우왕杜宇王의 혼이 새가 되어 타향을 떠돌아다니며 우는 소리가 마치 "촉도로 돌아가자 돌아감만 못하다 귀촉도歸蜀道! 불여귀不如歸!"라고 하는 것처럼 들린다 해서 귀촉도 또는 불여귀라는 이름을 가졌다는 고사. 슬픈 전설 때문에 우는 소리가 슬프게 들리는 것인지, 슬픈 울음 때문에 슬픈 전설이 만들어졌는지는 알 수 없으나 많은 문사文詞에 등장하는 새다.

이와 대우를 이루는 같은 련의 대구는 사안위기謝安圍棋의 고사를 인용하였다. 동진東晉의 재상 사안謝安이 진秦나라 침병 100만 대군을 8만의 군사로 대파한 비수대전에 임하면서도 극도의 평상심을 유지하며 태연히 바둑을 두었다는 고사다. 이 시는'庚'자 운목에서 차운하였는데, '兵'자를 압운押韻하여 두 고사를 들어 대우하였다. 도연명은 망건을 술 거르는 데에 사용했다고 하는데, 시인은 더 나아가 술을 거르다 아예 망건이 해졌다고 하면서 술병으로 누운 자신을 도연명이라 자칭하며 동일시하기를 서슴지 않고 있다.

2.

暮春桑屋聽倉庚[44]	늦봄 뽕밭에 날아든 꾀꼬리 소리 듣고
懶婦蠶工夢始驚	게으른 아낙 길쌈하다 꿈엔 듯 놀랜다
江國爲家鷗亦客	강호에 집 지으니 갈매기도 친구요
土城知守蟻[45]猶兵	흙집인들 지키니 군사같은 개미로다
梅同退妓餘風致	매화가 퇴기처럼 풍치 있게 피었더니
月似廉官入夜淸	달은 청백리처럼 밤이 되자 밝아진다
若使公侯爭白契[46]	만약에 세도가만 땅을 모두 차지하면
野人頭上不能生	민생들 머리 위엔 달도 뜰 수 없으리

春 : 철, 계절
桑屋 : 뽕밭가에 설치한 움막, 또는 뽕밭
倉庚 : 꾀꼬리
蠶工 : 길쌈하다
江國 : 강호, 은거하는 강 마을
土城 : 강변에 지은 보잘 것 없는 토굴집
廉官 : 청렴한 관리
公侯 : 공후백작의 고관, 세도가

---

44) ≪시경(詩經)≫〈출거(出車)〉에 "봄날 해는 길고 길어 초목이 무성하고, 꾀꼬리 꾀꼴꾀꼴 흰 쑥을 여럿이 뜯네. 春日遲遲 卉木萋萋 倉庚喈喈 采蘩祁祁." 하였다.
45) "물이 없으면 갈매기는 모래 위에 서 있고, 풀을 없애면 개미는 집을 잃는다. 無水立沙鷗 排草失家蟻."라는 『추구집』에서 인용.
46) 백계(白契)는 공식적으로 인정을 받지는 못하는 부동산 매매 문서를 말한다. 높은 벼슬아치들이 마음대로 땅을 독차지한다면, 민생들은 그나마 매화조차 볼 수 없게 될 것이라는 말이다.

◈ 감상

늦은 봄, 오디가 익을 때면 뽕나무에 날아든다는 꾀꼬리가 올해도 뽕밭을 찾았다. 아내에겐 길쌈을 재촉하라는 소리로 들리고 시인은 잠시 현실에서 벗어나 아련한 꿈속에 빠져보고 싶은 심정이다.

구강군九江郡 사마司馬로 좌천된 백거이가 벗들과 헤어져 임지로 떠날 때, 상인에게 시집갔다가 버림받은 퇴기退妓의 비파 소리를 듣고 동병상련의 감정을 읊은 '비파행琵琶行'이라는 시가 있다. 그 미련尾聯에 "따로 그윽한 슬픔 있어 남모르게 눈물 자국 생겨나네. 이런 때는 비파 소리 없어도 있는 것보다 낫네." 하며 퇴기의 높은 기예를 알아주는 사람이 없는 것에 안타까워하였다. 백거이는 이를 자신이 처한 현실에 비유한 것이다. 비록 퇴기이기는 하나 높은 기예를 가지고 있는 퇴기를 매화의 풍취에 비유함으로써 시인도 백거이의 안목에 뒤지지 않음을 은근히 과시하고 있다.

탐오貪汚한 세상에서는 청백리가 빛나듯, 어두운 밤이 되어야 달빛은 더욱 밝다. 만일 특정된 사람만 자연 공간을 독차지하는 일이 벌어진다면, 이는 천리天理에 반하는 것일뿐 아니라 하늘의 도를 잃는 것이 되므로 인간은 더이상 천지간에 공존할 수가 없을 것이다.

牧丹
모란

間於桃杏外桑麻[47]	상마 밭둑 복사꽃 살구꽃 사이마다
紅國周張錫號[48]嘉	꽃 대궐 천지에 내리신 이름 아름다워라
元年木德[49]方三月	원년 삼월에 목덕으로 즉위하여
十日春王總百花	활짝 핀 봄날, 백화를 거느리는 왕 되었다
盤根李牧將軍[50]樹	서린 뿌리는 이목장군 집에 두었다가
世種燕丹太子家	대대로 연나라 단 태자 집에 심었다네
別有蜂君歌舞貢	뭇 벌들 날아와 춤과 노래 바치고
寵香後殿海棠斜	후궁에서 총애할 때 해당화는 비껴있네

---

47) 상마지교(桑麻之交)의 준말. 뽕나무와 삼나무를 벗 삼아 지낸다는 뜻으로, 권세(權勢)와
   영달의 길을 버리고 전원(田園)에 은거하며 농사일과 친하게 된다는 의미. 두보의 시
   곡강(曲江)에 "두곡에 다행히 상마의 전토가 있다네. 杜曲幸有桑麻田."가 나온다.
48) 모란(牧丹)이라는 이름은 원래 작약(芍藥)으로 통칭 되다가 뒤에 목작약(木芍藥)이라고
   불리기도 했는데, 당(唐)나라 이후부터 모란이라는 이름과 함께 낙양화(洛陽花), 화왕
   (花王) 등으로 불리기 시작했다. 우리나라에는 신라 진평왕 때 들어왔다고 한다.『백과
   사전』〈우리나무의 세계〉참조
49) 모란이 흙계단(土階)에서 즉위했는데 목덕(木德)으로 왕이 되었다고 한다. ≪文谷集 卷
   26 花王傳≫. 봄은 오행(五行) 중에 목(木)에 해당하므로 목덕(木德)이라고 했다.
50) 흉노족을 물리친 조나라의 명장. 여기서는 목단(牧丹) 꽃을 중의적으로 썼다.

紅國 : 꽃이 가득 핀 마을
周張 : 두루두루 주변에 펼쳐짐
錫號 : 이름을 하사함
十日 : 꽃이 활짝 핀 기간
世種 : 대대로 파종되어 오다
燕丹 : 연나라 태자 단
蜂君 : 벌
寵香 : 사랑받는 모란 향기

🍃 감상

　　모란을 완상하며 쓴 영물시詠物詩로 모란을 의인화하여 우월한 아름다움과 애정을 노래한 시다. 모란꽃에 관하여 우리는 아주 유명한 일화 하나를 가지고 있다. 선덕여왕의 이야기다. 여왕이 어린 공주였을 때 당나라 태종이 모란 그림과 함께 씨앗을 보내왔는데, 덕만공주(후일 선덕여왕)가 이를 보고서는 "이 꽃에는 나비가 없으니 필시 꽃에 향기가 없을 것"이라고 말했다 한다. 그 씨앗을 심어 꽃이 필 때를 기다려 살펴보니 과연 향기가 없었다고 하는 일화다. 공주의 총명함을 칭송하는 일화가 천년을 넘어 내려오고 있다. 시인은 모란이 활짝 피어 그 위용은 백화를 거느리는 왕이 되었고 뭇 벌들이 날아와 춤과 노래를 바친다고 하였다. 그렇다면 시인이 잘못 본 것일까? 아니면 덕만공주가 지적한 '모란은 향기 없는 꽃이어서 벌 나비가 없다'라는 말이 틀린 것일까? 현대과학은 선덕여왕의 총명함을 상쇄相殺시키는 이론을 가지고 있다. 벌과 나비는 꽃의 향기를 쫓는 것이 아니라 색깔을 구분하여 꿀을 채취한다고 한다. 현대과학 이론에 상관없이, 많은 시인은 모란이 해당화와는 격을 달리하는 화왕花王임에 틀림이 없다고 노래해 왔다.

卽事
즉흥으로 읊다

梳馬槐陰⁵¹⁾意自豪	회화 아래 말 빗기며 의기 자못 호방한데
茶童報熟杏花醪⁵²⁾	행화촌 잔일 하는 아이 술 익었다 알리네
柳將白絮家容暖	주막은 따뜻해져 버들꽃 활짝 피고
麥欲黃雲夜色高	밤기운 높아지니 보리 누렇게 익어가네
入夜天機風露雨	밤이면 천기 순행하고
生春物性羽鱗毛	봄 되어 품성대로 온갖 생명 낳거늘
詩笻芳草斜陽路	풀향기 젖은 나는 해거름 올 때까지
故逐飛花却忘勞	흩날리는 꽃잎 쫓다 아무것도 몰랐네

茶童 : 술집에서 잔 심부름하는 아이
白絮 : 버들꽃이 솜처럼 활짝 핌
黃雲 : 누렇게 익은 보리가 구름처럼 넘실댐
羽鱗毛 : 새와 어류, 짐승 등 모든 동물
詩笻 : 시 좋아하는 늙은이, 시인 자신
芳草 : 풀향기
飛花 : 바람에 흩어져 날리는 꽃잎

---

51) 회화나무 그늘, 삼공(三公)의 자리. 주(周)대에 조정의 뜰에 회화나무 세 그루를 심어 삼공의 좌석을 표시한 데서 온 뜻.
52) 당(唐)나라 두목(杜牧)의 시 〈청명(淸明)〉에 "술집이 어디냐고 물었더니 목동은 멀리 살구꽃 핀 마을을 가리키네. 借問酒家何處在 牧童遙指杏花村."라는 말을 인용했다.

✤ 감상

　회화나무 그늘은 삼공三公을 뜻하는 말이니 그 그늘에서 말의 털을 빗질하는 것은 출사의 의지를 말한다. 맘잡고 서책을 대하려다 행화촌에 술 익었다고 전하는 술집 심부름하는 아이의 말에 그만 발걸음은 술집을 향한다. 술집 앞 버들이 한창 푸르고 보리가 익어가는 좋은 계절이다. 아침부터 해거름 질 때까지 꽃비 날리는 산야에서 풀향기 쫓으며 무아지경에 빠진 시인 자신의 경지를 말하고 있다. 천기가 순행하여 만물이 소생하는 봄은, 모든 살아있는 것들에게 주는 자연의 축복이다.

挽林學淵
임학연 만시

覓從何處別人間	인간 세상 이별하고 어느곳 찾아갔나
平日恒言地不閒	살아서는 늘 바쁘다 하더니
未了經營憐白骨	하던 일 다 못하고 가련한 백골 되어
已而身世哭靑山	기어이 청산에서 곡 받는 신세 됐나
到今却恨心相許	마음에만 약속한 것 이제야 한탄하니
去後難忘夢每關	그대 가고 잊지 못해 꿈마다 가로막네
獨向秋天無語立	가을 하늘 바라보며 말없이 서 있는데
西亭落月尚君顔	서쪽 정자 넘는 달이 그대 얼굴 같도다

平日 : 평소, 늘
地不閒 : 한가하지 못한 처지
已而 : 기어이, 이미
相許 : 약속하다
却恨 : 한탄하다
每關 : 매번 가로 막히다

❧ 감상

　망자에 대한 슬픔과 비탄, 친구에 대한 그리움이 짙게 나타나 있다. 상사喪事에 슬픔이 가장 앞서야 하는 것은, 슬픔이 사라지면 의례만 남기 때문이다. 만시輓詩 역시 슬픔이 가장 앞서야 하는데 시인은 이를 절절히 보여준다. 그러므로 이 만시의 아름다움은 오히려 비개悲慨와 그리움에 있다고 할 수 있다. '잊지 못해 꿈마다 가로막'고 '가을 하늘 바라보며 말없이 서 있다'는 표현으로 시인의 내면 깊이 흐르는 비개悲慨한 의경意境을 침착하게 드러내었다. 그러므로 '절제된 슬픔이 오히려 극도로 슬픈' 그 만의 아름다움을 획득하였다.

輓李友大仲
친구 이대중 만시

詞鋒筆力信遐籌	문필 모두 출중하여 오래 살 줄 알았네
豈意今年永不留	짐작조차 못 했는데 이렇게 떠나다니
向世虛空情到語⁵³⁾	사무치는 말은 부질없이 허공을 향하고
對君慘憺夢來愁	그리워 애태우다 꿈에 그대 마주했네
倍思寂寂黃花夜	국화 핀 적막한 밤에는 더욱 그리워
獨立蕭蕭白髮秋	쓸쓸히 늙는 세월 홀로 서 있네
君去如逢吾子處	먼저 가서 만약에 우리 아들 만나거든
憑傳此老抱孫遊	이 늙은이 손자 안고 놀고 있다 전해주게

詞鋒 : 글을 잘 짓는 뛰어난 실력
遐籌 : 누린 수명
豈意 : 짐작했겠는가
世虛空 : 부질없이 헛된 세상
情到語 : 정이 극도에 이른 말, 감정이 복받친 말
慘憺 : 참담하게 슬픔
夢來愁 : 꿈속에까지 찾아온 그리움
倍思 : 곱절이나 그리움
白髮秋 : 늙어가는 세월
憑傳 : 전해주기를 부탁함

---

53) 연암의 만시를 읽고 이덕무가 평한 대목에, "'정이 극도에 이른 말'은 사람으로 하여금 눈물로 흘려 자취가 없으니 참으로 절실하다 할만하다. 情到語, 令人涙無從 始得謂眞切." 하였다. 朴燕巖, ≪괴정록≫ 〈권1〉

감상

  일반적으로 만시는 시어의 선택과 표현이 관습화되어 있는 경우가
많다. 그러므로 동일한 전고典故나 용사用事가 서로 다른 인물에 대한
만시에서 상투적으로 나타나기도 하고, 그 전개 방식 또한 고정되어있
는 형태를 보이기도 한다. 앞 〈임학연 만시〉에서 "그대 가고 잊지 못해
꿈마다 가로막네"와 이 시의 "그대 그리워 애태우다 꿈에 마주했네"
또, 앞 시의 "가을 하늘 바라보며 말없이 서 있다"와 이 시의 "쓸쓸히
늙는 세월 홀로 서 있다"가 그렇다. 그러나 만시는 슬픔의 미학이다.
이 시의 미련에서는 죽은 친구에게 넋두리하듯 자신의 애절한 사연
하나를 고백하고 있다. "얼마 전에 죽은 아들을 저승에서 혹시 만나거
든 손자 잘 키우고 있다"라는 말을 전해 달라는 한 아비의 부탁이다.
말이 부탁이지 죽은 친구에게 죽은 아들의 안부를 물으며 쓴 이 만시는
소리 없는 통곡이다. 이 무성無聲의 통곡시慟哭詩는 만시와 곡자시哭子詩
가 합성된, 애통함이 극도로 절제된 애가哀歌 미학의 정수精髓다.

輓林生員致洪
생원 임치홍 만시

遙憶平生冷落吟	옛 추억을 떠올리며 쓸쓸히 읊노니
芭蕉身世老柏心	마음은 아직 송백인데 신세는 파초네
忘年54)舊誼無尋處	나이 잊고 사귄 우정 찾을 길 없으니
楓天菊月淚森森	단풍 드는 구월이면 눈물 하염없네

遙憶 : 아련한 추억
冷落吟 : 쓸쓸히 만시를 읊조리다
老柏 : 마음은 늘 푸르게 천년을 살 것 같은 소나무와 측백나무 같음
芭蕉 : 현실은 한해살이 파초처럼 잎만 무성함
菊月 : 음력 구월, 국화가 피는 달이라는 뜻
森森 : 눈물이 줄줄 흐르는 모습

---

54) 원문 망년(忘年)은 나이 차이를 고려하지 않고 친구로 사귄다는 뜻인 '망년지교(忘年之交)'의 준말이다. 중국 삼국 시대의 예형(禰衡)이 공융(孔融)과 서로를 인정하여 예형은 약관의 나이였고 공융은 나이가 마흔이었으나 드디어 벗이 되었다고 한다. ≪後漢書 卷80 禰衡列傳≫

📜 감상

나이 칠십에도 마음만은 이팔청춘이다. 그러나 아직 살아있을지 언정 내 처지는 늘 푸른 송백일 리가 없고 이제는 여름철 지난 파초 신세라는 것을 안다. 누가 먼저랄 것도 없다. 먼저 간 사람에 대한 슬픔과 그리움은 남아 있는 사람의 것이다. 망년지교 하였기에 더 각별하였을 친구를 먼저 보내며 자신의 다음 차례를 기다리는 시인 의 심경을 만시로 대신하였다. 칠언절구로 짧게 쓴 만시지만 두 사람 의 돈독했던 우정은 가득하다. 단풍들고 국화 피는 구월만 되면 죽은 친구가 생각나 흐르는 눈물이 그치질 않는다고 하였으니 회자정리는 섭리攝理라고 하나, 아픔은 고스란히 남은 당사자의 몫이 된다.

有悟
깨달음

出門何事摠非煩	시끄럽지 않은 바깥일 있으랴만
病不相關老不言	늙고 병든 몸으로 무슨 상관 하겠는가
釖酒秋空朱亥⁵⁵⁾市	주해는 저자에서 칼 차고 때를 찾는데
漁樵日暮白丁村	범부는 마을에서 나무하다 날 저문다
風窓掩竹淸身世	대숲이 바람 막아주니 내 신세 깨끗하고
雪燭⁵⁶⁾吟梅爽齒根	눈 속에 매화시 읊으니 잇몸까지 시원하다
晚覺知無眞境外	이제야 깨닫네, 진경 외엔 다 헛된 것이라고
幾人誤路覓桃源	무릉도원 찾는 사람 길 잘못 든 것이라고

---

55) 전국시대 협객인 주해(朱亥)는 위(魏)나라 대량(大梁) 사람으로 푸줏간에 은둔해 살다가 진(秦)나라 군사가 조(趙)나라를 포위했을 때 신릉군(信陵君)의 계책에 따라 위나라 장수 진비(晉鄙)를 철추(鐵椎)로 때려죽인 뒤 그 병부(兵符)를 빼앗아 그의 군대를 거느리고 가서 조나라를 구원하였다. ≪史記 卷77 魏公子列傳≫

56) 중국 진나라(後晉)의 차윤(車胤)이 반딧불로 불빛 삼아 글을 읽어 마침내 이부상서에 이르고, 손강(孫康)이 눈빛에 책을 비추어 글을 읽고 어사대부에까지 이르렀다는 고사인 형설지공(螢雪之功)에서 인용하였다.

釰酒 : 칼을 품고 다른 일을 하면서 뜻을 위장함
秋空 : 때를 기다림
漁樵 : 고기를 잡고 나무를 하는 일
白丁 : 일반 백성, 범부
掩竹 : 대숲이 막아 주다
雪燭 : 눈雪을 불빛 삼음
爽齒根 : 잇몸까지 시원함
晩覺 : 늦게 깨달음
知無 : 없음을 알게 됨
誤路覓 : 길을 잘못 찾음
桃源 : 무릉도원, 헛된 꿈

감상

시인은 일상에서 오는 소회를 평담하게 그려내고 있으나 그 내면에
는 짙은 회한과 아쉬움이 담겨있다. 함련에서는 위魏나라 주해朱亥의
전고를 범부凡夫인 자신의 처지와 대우對偶시켰다. 자조적인 감정을
극명하게 대비시켜 입신하여 이세利世하지 못하고 세월을 낭비한 회
한을 담았다. 이와 달리 경련에서는 풍창風窓과 설촉雪燭, 엄죽掩竹과
음매吟梅를 대우하였다. 이를 통하여, 시끄러운 세상 풍파를 막아
준 가은家恩으로 인하여 청신清身함을 지킬 수 있었던 다행함과 비록
자연에 묻혀 군핍한 삶을 살고 있으나, 형설의 빛으로라도 시를 읊을
수 있음에 시인은 자족하고 있다. 결론적으로, 미련에서는 헛된 이상
향을 쫓았던 지난날의 과를 깨닫고 이제야 진경을 볼 수 있는 안목을
가졌다고 안도하고 있다. 무릉도원의 진경은 심안心眼으로만 볼 수
있는 곳이었음을 비로소 깨달은 것이다.

自遣
스스로 위로하며

萬端塵念筆刀刪	이것저것 속된 생각 붓으로 깎아 내고
笑領梅花酒可攀	매화 품고 웃으니 술잔 아니 잡겠는가
穿峽樵歌雲裏面	구름속 골짜기 뚫고 나무꾼 노래 들리고
登樓詩語月中間	누대 올라 지은 시 달빛 속에 섞인다
全淸入界鷗心水	갈매기는 물에 들 때 맑은 물을 찾고
晩景歸棲鶴夢山	학은 저문 둥지 깃들 때 꿈꿀 산 찾는데
雪滿江程稀見客	눈 쌓인 강변 길에 길손 끊기고
柴門無事晝常關	사립 안엔 일 없어 낮에도 닫혀있다

萬端 : 여러가지
塵念 : 속된 생각
筆刀刪 : 글을 쓰면서 생각을 정화함
笑領 : 웃으며 데리고 있다
可攀 : 어떤 것에 연연하다
穿峽 : 계곡을 지나다
雲裏面 : 구름 속
月中間 : 달빛 속으로 들어가다
入界 : 선계에 들다
歸棲 : 둥지로 돌아와 깃들다
柴門 : 사립문
常關 : 항상 닫혀있다

🍃 감상

조선 후기 사람 박윤원은 〈나무꾼의 노래〉라는 시에서 "띠 집엔 밥 짓는 연기 그치고 해지자 새들도 둥지로 드네. 나무꾼은 휘영청 밝은 달 앞세우고 소리 길게 뽑으며 산에서 내려오네."라고 노래하였다. 오언절구와 칠언율시의 규격만 다를 뿐 이미지가 흡사하여 인용해 보았다. 소리 길게 뽑으며 내려오는 나무꾼 노래가 저녁 구름에 쌓인 골짜기를 뚫고 나와 들리고, 그 시간 휘영청 밝은 달 아래 시인은 누에 올라 시를 짓고 있다. 해지자 둥지로 드는 뭇 새들처럼 나무꾼도 시인도 밝은 달을 앞세우고 꿈꿀 곳을 찾는다. 비록 온종일 사립문이 닫혀있을 만큼 아무 일 없는 집일지라도.

贈李友
친구 이모에게 주다

寒天詞客語蕭蕭	겨울 오면 시인의 노래 소슬해지고
應是鄕愁鴈聲遙[57]	기러기 소리 멀어지니 고향 생각 간절하다
隣僻懸岩纔出路	오지 마을 돌 벼랑 사이 나들길 겨우 있고
巷深臥柳自成橋	골목 안길 쓰러진 나무 저절로 다리 되었지
暗香梅動黃昏月	어스름 달밤 매화 향기 은은하더니
霽景山逃白雪朝	날 들자 눈 속에 산 그림자 모두 숨었다
也識砧聲高起處	다듬이 소리 높아지니 이제야 알겠노라
光陰如擲此中消	내던지듯 보낸 세월 이 안에 다 녹아 있음을

寒天 : 겨울의 춥고 쓸쓸한 날씨		詞客 : 시나 문장을 짓는 사람	
蕭蕭 : 소슬하다		應是 : 응당 ~이다	
隣僻 : 벽지 마을		懸岩 : 깎아지른 듯한 바위 등성이	
纔出路 나들길 겨우 나 있다		巷深 : 골목의 깊은 안쪽	
臥柳 : 누워있는 버드나무		暗香 : 은은한 향기	
黃昏月 : 어스름한 초저녁달		霽 : 날씨가 개다.	
景山逃 : 산 풍경이 도망가듯 숨었다		也識 : 이제 알겠다	
光陰 : 시간이나 세월		如擲 : 내 던져진 듯하다	

---

57) 당(唐)나라 유우석(劉禹錫 772~842)의 시 〈가을바람(秋風引)〉에 "어디선가 가을바람 불어오는데 쓸쓸히 기러기 떼 날아가네. 何處秋風至 蕭蕭送雁群."라고 하였다.

⚜ 감상

　타향에서 맞는 겨울은 더없이 쓸쓸하다. 기러기 날아가는 소리 듣노라면 더욱 향수에 젖게 마련이어서 가난했던 고향마을일지라도 구석구석이 다 그립다. 기러기 발에 편지를 묶어 고향에 소식을 전했다는 고사가 있을 만큼, 많은 시인이 고향 생각을 기러기와 연결하여 노래하였다. 당대唐代 시인 유우석은 〈가을바람〉이라는 시에서 "어디선가 가을바람 불어오는데 쓸쓸히 기러기 떼 날아가네."라며 향수를 노래하였다. 달빛 아래 핀 매화는 고향 생각처럼 향기 은은하게 아름답더니 아침에 깨어보니 모든 풍경은 눈 속에 묻혀 숨어 버리고 하얀 세상이 되었다. 어제저녁 매화 향기 아름다웠던 상황과 오늘 아침 눈 속에 묻힌 풍경을 대비함으로써 마음속에 그리는 고향과 현실에 보이는 타향을 극명하게 보여주고 있다. 눈 속에 묻힌 마을은 고요한데 어디선가 들려오는 다듬이 소리는 적막을 깬다. 다듬이 소리와 함께 잠재되었던 의식도 되살아 나와 타향에서 보낸 세월의 허무함을 느낀다. 타향에서의 회한을 적어 기러기에게 띄워 보낸 한 통의 편지를 읽는 듯하다.

與鄭友石圃謾唫 五首
친구 정석포와 재미삼아 읊다 5수

1.

錦西二水[58]出維麻	금강 서쪽 두 물줄기 유구와 마곡서 나오고
石圃故人世世家	내 친구 석포가 대대로 사는 곳
酒到風流梅又好	풍류에 술이 있고 매화 또한 좋은데
詩成雪景月初佳	설경에 달빛 내려 시 더욱 아름답다
衆言非道徒緘口	뭇사람들 바른말 아니어도 그저 입 다물고
百事無名已落牙	만사에 상관치 않아도 벌써 이는 다 빠져
養得虛靈参佛坐	맑은 마음 기르려 참선하고 앉았으니
五更天地一灯花	깊은 밤 등불 하나 꽃으로 피어 있다

謾唫 : 재미 삼아 시를 짓다
維麻 : 유구와 마곡사 계곡
詩成 : 시를 완성함
衆言 : 여러 사람들이 하는 말
無名 : 이름을 내세우지 않음
養得 : 수양하여 얻음
参佛 : 참선

錦西 : 금강의 서쪽, 유구 사곡을 흐르는 유구천 일대
世世家 : 대를 이어 사는 집
初佳 : 비로소 아름답다
非道 : 옳지 않은 말
落牙 : 이가 빠졌음. 늙었음
虛靈 : 허령불매, 마음
五更 : 밤 세시에서 다섯 시까지에 해당

---

58) 마곡사 계곡에서 나오는 마곡천과 유구읍을 통과한 유구천이 금강과 합류함을 이른다.

∼◎ 감상

마곡사 계곡에서 흘러내린 마곡천은 유구읍을 지난 유구천과 사곡
읍내에서 합류하여 다시 서공주에서 금강과 합류한다. 시인이 찾아
온 친구 집은 사곡의 금강 인근쯤이고 친구는 이곳에서 대대로 살고
있다. 이곳에 온 시인은 친구와 달빛 흥건한 창가에서 설중매를 완상
하며 수창하고 있다. 이런 분위기에서 술 한잔 나누노라면 누구나
다 시인의 흥취가 일어날 만 할 것이다. 그러나 시인은 시의 감흥
못지않게 세상을 살아가는 양지良志의 처신을 경계警戒하고 있다. 인
간관계란 나만 다 옳다고 되는 것도 아니고 남의 일에 참견해서 해결
될 일도 아니며 속욕俗欲이란 쉽게 걷어내 지지도 않는다. 유가에서
는 존양성찰存養省察하는 수양공부를 가르치고 있고 선가禪家에서는
원융합일圓融合一의 경지를 찾으라 한다. 시인은 늦은 밤까지 양지良
志를 기르려 참선하고 있다. 그래서 시인이 밝힌 일촉등一燭燈은 한
송이의 꽃처럼 아름답게 보인다.

2.

苦海虛舟恐石尤[59]	험한 바다 빈 배 띄워 석우풍 두렵더니
蓬門[60]掩雪是仙樓	사립문에 눈 덮여도 신선집 여기로다
旅灯入暮思回鴈	여로에 해 질 무렵 기러기 돌아가고
兒埃添溫賴養牛	아이는 아궁이 불 지펴 외양간 온기 더하네
山古蓂[61]傳堯日月	서초는 예부터 요임금 달력이라 전해오고
庭清松老晋春秋[62]	솔은 늙었어도 청정하니 진나라 춘추로다
看梅幾少前年伴	작년에 같이 매화 보던 친구 몇이 줄었나
晚覺晦菴[63]喜白頭	늘그막에 깨닫네, 회암과 늙어가는 기쁨을

---

59) 고대 전설에서 유래한 바람의 이름으로 역풍을 뜻한다. 옛날 우씨(尤氏)라는 장사꾼이 석씨(石氏) 부인에게 장가들어 금슬이 매우 좋았다. 우씨가 장사하러 멀리 떠나려 하자 석씨가 힘껏 말렸으나 우씨는 장삿길에 나섰고, 석씨는 큰 병이 들었다. 석씨는 죽음에 이르러 자신이 남편을 가지 못하도록 말리지 못한 것을 후회하면서 자신이 죽어 큰바람이 되어 장사꾼의 부인들을 위해 먼 길 떠나는 장사꾼의 배들을 막겠다고 말한 고사가 있다. ≪江湖紀聞≫

60) 쑥대나 가시나무로 만든 문이라는 뜻인 봉문필호(蓬門蓽戶)의 준말로 오두막의 사립문을 말한다.

61) 명엽(蓂葉), 서초(瑞草)라 하여 상서로운 풀 이름이다. 옛날 요(堯) 임금 때 궁궐 뜰에 나서 초하루부터 하루에 한 잎씩 피다가 16일이 되면 매일 한 잎씩 떨어지며, 작은달이어서 29일이면 한 잎은 시들기만 하고 떨어지지 않았다고 한다. 이것을 보고 달력을 만들었다고도 한다.

62) 진(晋) 나라 때 손성(孫盛)이 찬(撰)한 진양추(晋陽秋)를 이르는데, 말이 바르고 사리가 정당하여 대단한 양사(良史)로 일컬어졌다 한다. ≪진서(晋書)≫〈卷八十二〉

63) 송나라 때 대 유학자 주희(朱熹)의 아호. 여기서는 유학을 존숭한다는 뜻으로 중의적 사용이다.

苦海 : 거친 바다, 험한 세상을 말함
蓬門 : 사립문
旅灯 : 객사에 등불을 켜는 시각
埃添溫 : 아궁이에 불을 지펴 온기를 더함
莫 : 명엽풀, 서초瑞草라고도 한다
幾少 : 몇 명이 줄어듦

恐石尤 : 석우풍이 두렵다
仙樓 : 신선이 사는 집
入暮 : 어두워 질 무렵
養牛 : 소 키우는 곳, 외양간
日月 : 달력
前年伴 : 작년까지 있던 친구

🍃 감상

인생의 행로에는 모두 석우풍이 있다. 모진 풍파가 다 석우풍인데 내 집만 한 방파제가 어디 있으랴. 비록 풀로 엮은 사립과 띠 집일지라도 신선이 사는 집 부럽지 않다. 해 질 무렵 밤 기온이 차가워지면 아이는 여물 솥에 불을 지펴 외양간도 덥히고 방 구들도 덥힌다. 짐승이나 사람이나 등 따뜻이 잘 수 있으면 살만한 것이다. 지금이야 달력이 지천으로 흔하지만, 예전엔 나라에서 내려주는 책력도 구하지 못해 그저 해가 뜨고 지는 것이 하루였다. 손가락으로 삭망을 세면 한 달인 것이다. 민초에게 춘추의 역사를 가린들 무엇에 쓰겠나. 마당에 서 있는 늙은 소나무가 청청하게 지켜본 민초들의 삶이 바로 역사인 것을. 이제 하나둘 영별하는 친구들을 헤아려 보면서, 성현의 말씀을 따라 공부하며 살아온 지난 삶이 그래도 잘했다는 자부심이 시인은 드는 것이다.

3.

錦西家在小山陽	금강 서쪽 산자락 양지뜸 우리 집
昨夜鄕心鴈一方	어제저녁 기러기가 고향 소식 전했다
竹語當牕詩到格	창가에 댓잎들 서걱일 때 시상 떠오르고
梅花覆酌酒傳香	술잔에 매화꽃 잎 떨어져 술향기 더한다
觀魚吊屈(64)收烟釣	낚시 거둬 물고기 보며 굴원을 조문하고
馴雀(65)夢蘇臥雪堂(66)	길들인 참새와 설당에서 소동파를 꿈꾼다
老去身家還有事	늙어가며 사는 걱정 생기더니
萬端甕算(67)夜何長	만 가지 잡생각에 밤은 어이 이리긴가

---

64) 굴원(屈原)은 전국 시대 초(楚)나라의 충신이다. 회왕(懷王) 때 삼려대부(三閭大夫)가 되어 국정을 행하였는데, 다른 대부의 투기를 받아 신임을 잃자 ≪이소경(離騷經)≫을 지어 왕의 마음을 돌리려 하였으며, 아들 양왕(襄王) 때에 이르러서도 여러 참소를 받게 되자 어부(漁父) 등의 글을 지은 뒤 멱라수(汨羅水)에 투신하였다. 이를 두고 굴원의 몸을 '물고기의 뱃속에 장사 지냈다.'고 한다. ≪史記 卷84≫

65) 당나라 유장경(劉長卿)의 〈송설거재섭현(送薛据宰涉縣)〉에 "깃든 난새는 예전에 이미 굴복했고 길들인 참새가 지금은 이을 만하네. 栖鸞往已屈 馴雀今可嗣."라는 말을 인용. ≪全唐詩 卷150≫

66) 소식(蘇軾)의 별칭으로 그가 황주(黃州)로 유배된 뒤에 그곳에 설당(雪堂)이라는 초가집을 짓고 살았기 때문에 붙여진 이름. 그의 〈설당기(雪堂記)〉에 "동파(東坡) 옆에 버려진 밭이 있기에 집을 짓고 담을 두른 뒤에 설당이라고 하였다. 그리고는 큰 눈이 내리는 가운데 그 집을 지었으므로, 이를 기념하기 위하여 사방 벽에다 설경을 그린 그림을 걸어놓고 앉거나 눕거나 이를 쳐다보면서 감상하였다."라고 하였다.

67) 쓸데없는 생각을 말한다. 원(元)나라 위거안(韋居安)이 지은 ≪매간시화(梅磵詩話)≫에 "동파시(東坡詩)의 주석에 '어느 가난한 선비의 집에 오직 항아리 하나가 있었는데 밤이면 항상 그 항아리를 지키면서 잠이 들었다. 어느 날 밤에 혼자 마음속으로 생각하기를 만일 부귀를 얻는다면 약간의 돈만으로 전택(田宅)을 경영하고 기녀(妓女)를 데리고 크나큰 수레까지 모든 것을 다 갖추어 호화로운 삶을 살 수 있다는 망상에 빠져 덩실덩실 춤을 추다가 마침내 그 항아리를 밟아 깨 버렸다.'라는 고사가 실려 있다.

覆酌 : 술잔을 덮다.
收烟釣 : 안개속에 낚시를 걷우다
當牕 : 창에 이르다
錦西 : 금강의 서쪽 유구천 일대
一方 : 기별, 一報와 혼용
竹語 : 댓잎이 말하듯이 서걱이다
詩到格: 시의 틀에 이르다.
收烟釣 : 안개 속에 낚시를 걷우다

傳香 : 향기가 두루 퍼진다
還有事 : 도리어 잡다한 걱정거리가 생김
詩到格: 시의 틀에 이르다
小山陽 : 나지막한 산 양지쪽
鄕心 : 향수, 고향생각
當牕 : 창에 이르다
覆酌 : 술잔을 덮다
還有事 : 도리어 잡다한 걱정거리가 생김

☞ 감상

시인은 금강 서쪽 유구천 자락에서 산다. 울을 두른 대나무 숲에서
서걱거리는 댓잎 소리 따라 떠오른 시상을 놓치지 않으려고 매화와
더불어 수작酬酌하고 있다.

금강에 던졌던 낚시를 거두며 멱라수汨羅水의 굴원을 조문하는 출구出句
와 소동파가 눈 내릴 때 지었다는 '설당雪堂'같은 집에서 성세聖世를
기다리는 대구對句를 경련에서 짝해 놓았다. 이 대우對偶는 시인 자신이
품고 있는 속마음을 잘 드러내고 있다. 비록 지금은 설당에서 소동파를
꿈꾸며 유유자적하고 있으나, 기실 자신은 굴원 못지않은 충신임을
은연중 나타내고 싶은 것이다. 그러나 수월하지 않은 세상 풍파 때문에
이것저것 상념에 빠져 잠이 오지 않는 밤이다. 시인의 밤이 길다.

4.

命酒排寒醉氣蒸	술 내오라 하여 추위 쫓고 취기 오르니
高談挑燭坐層層	무르익은 얘기꽃에 심지 돋고 몰려 앉네
唫梅影月遲遲下	매화 읊자 달그림자 천천히 내려오고
煎藥香烟細細登	약 달이는 향 연기 하늘하늘 오르네
雪積孤村浮減島	눈 쌓인 외딴 마을 섬처럼 떠 있는데
雲歸遠岫送迎僧	먼 산자락 구름 걷자 산 승은 길 떠나네
睡鴬淸晨先我起	신 새벽 나보다 학이 먼저 깨어
渴喉飮啄硯泉氷	메마른 목 추기려 벼루 얼음 쪼아대네

命酒 : 술을 내오라 시키다
排寒 : 추위를 이겨 내다
高談 : 흥미진진하게 이야기가 무르익음
挑燭 : 등잔불의 심지를 돋음
層層 : 겹겹이 붙어 앉는 모양
遲遲下 : 천천히 내려옴
煎藥 : 약을 달임
香烟 : 약 달이면서 피어 오르는 김
細細登 : 하늘하늘 오르다
浮滅 : 구름처럼 떠있다 없어지듯 함
雲歸 : 구름이 걷힘
遠岫 : 먼 뫼 부리
淸晨 : 맑은 첫 새벽
渴喉 : 목을 축이다
飮啄 : 마시려고 부리로 쪼다
硯泉 : 벼루의 물이 고이는 움푹한 곳, 연지硯池라고도 함

☙ 감상

　눈 내린 겨울밤, 사랑채에서 화롯불을 중심으로 마실꾼들이 둘러앉아 이야기꽃을 피우고 있는 정경이다. 밤이 깊어지면 속도 출출해지니 몸도 녹일 겸 술상을 내오고, 사람들은 이야기 한마디라도 놓칠까 봐 무릎걸음으로 모여든다. 이렇게 긴 겨울밤은 가고 밤새 쌓인 눈으로 아침이면 마을은 온통 섬처럼 고립되었다. 새벽에 시인은 일찍 잠에서 깨었다. 밤늦게 마신 술 때문인지 심한 갈증을 느끼고, 벼루에 고인 물이 언 얼음이라도 입에 넣고 싶은 충동이 인다. 벼루 얼음에 갔던 눈을 학에 빗대어 시인의 속내를 절묘하게 감췄다. '멀리 산자락 개자 산승山僧은 길을 떠났다'고 하면서 산 그리움 병이 도져 떠난 산승에게 천연덕스럽게 세속의 모든 상황을 전가해 버렸다.

5.

客亦炎凉⁽⁶⁸⁾鴈共南	세월도 세태 맞춰 기러기 따라오듯
禿鬢初白五旬三	대머리에 수염 희끗한 쉰세 살 된 늙은이
遙村僧夕⁽⁶⁹⁾烟生樹	밥 짓는 저녁연기 나무 위에 걸리고
近景仙宵月在潭	선계는 내려와 호수에 달로 떴다
蝙化能奇終是鼠	박쥐 변화 기이하여 쥐 될 수 있지만
蛛工雖巧不爲蠶	거미 재주 공교해도 누에는 되지 못해
有時鬱積童心發	때로는 울적할 때 동심으로 돌아가
故向君邊戲一談	일부러 그대에게 농담 한번 건넨다

客 : 세월
共南 : 남쪽을 향해서 옴
初白 : 희끗희끗 희어지기 시작함
僧夕 : 저녁밥 짓는 초저녁
烟生樹 : 연기가 나무 위에 걸렸다
仙宵 : 선계의 밤
蝙化 : 박쥐가 새나 쥐로 변화하는 것
蛛工 : 거미가 줄을 뽑는 재주
故 : 고의로, 일부러
向君邊 : 자네에게

---

68) 더우면 그늘로 피하고 추우면 불 곁으로 모여드는 세상 사람들의 일반적인 행위를 가리키는 '염량세태(炎凉世態)'의 준말이다.
69) 중(僧)이 저녁 식사를 할 때라는 뜻으로, 이른 저녁때를 이르는 말이다.

⚙ 감상

　더우면 그늘에 들고 추우면 불 가에 모이는 것은 자연스런 현상이
다. 같은 이치로, 세도가의 문전에는 사람이 모이지만 권세가 떨어지
면 사람이 떠나는 세상인심을 염량세태라 한다. 설마 세월도 권세따
라 오가는 것은 아니겠지만, 세월은 어김없이 때맞춰 와서 머리카락
과 수염 희끗희끗한 늙은이로 만든다. 나이 쉰이 넘은 시인이 지상에
서 찾은 가장 아름다운 풍경 두 가지를 대비해 놓았다. 밥 짓는 연기
나무 위에 걸려있는 '행복한 저녁 풍경'과 선계가 호수에 내려온 듯
시인이 꿈꿔 온 '이상향理想鄕이 펼쳐지는 풍경'이다. 사람도 짐승도
잠시 자신의 겉모습이야 감추는 재주가 있겠지만 근본은 감출 수
없는 것이다. 얕은꾀로 처신하며 살아가는 세태를 보면서 시인은
우울해진다. 천진하게 격의 없는 말 한마디 농담으로 건넸지만, 사실
은 동심으로 돌아가고 싶은 진담이었다고 말하고 싶은 것이다

贈龍山老樵
용산의 늙은 나뭇꾼에게 주다

捆屨辦金換海鹽	짚신 삼아 팔아서 소금 바꿔오니
峽家計活味新添	새로운 맛 더하는 산골 살림살이
狵穿隣雪先通路	삽살개가 눈길 먼저 뚫어 이웃과 통하고
鳥宿人烟懶起簷	인가에 들었던 새 느지막이 처마에서 나온다
頭掉70)先盃慚齒屹	사양해도 잔 먼저 주니 나이 든 게 부끄럽고
眼嚬迷字責毫纖	눈 어두워 안 보이는 글씨 가는 붓만 나무란다
主張屋價雙梧月	집 이래야 달뜬 오동나무 두 그루 값이고
詩債尋常尙沒廉	염치없는 시 빚과 항상 같이 산다

捆屨 : 짚신을 삼다		辦金 : 돈을 벌다	
峽家 : 산골 가정		計活 : 살림살이	
穿隣雪 : 이웃 간에 눈길을 뚫다		人烟 : 사람이 사는 집, 인가人家	
懶起 : 게으르게 느지막이 일어남		先盃 : 술잔을 먼저 줌	
齒屹 : 연치가 높음, 나이가 높음		眼嚬 : 눈을 집중하기 위해 찡그려 봄	
迷字 : 가느다란 작은 글씨		毫纖 : 가늘고 작은 붓	
主張 : 어떤 일을 결정하는 견해나 의견		屋價 : 집값	
雙梧月 : 두 그루의 오동나무와 달		詩債 : 상대에게 답시를 못한 빚	

---

70) 머리를 저어 사양함을 나타낸다. 허목(許穆)이 쓴 시 청평사(淸平寺)에, "한평생 세상 영화에 머리 저어 멀리했으니, 백발로 늙거든 구름 걸린 소나무 아래 살리라. 平生頭掉世間榮 且欲白首巢雲松."라고 하였다.

짚신의 역사는 멀리 삼국시대까지 거슬러 올라갈 만큼 오랫동안 민생에 필수품이었다. 〈조선잡사〉에 의하면 토정 이지함은 포천군수로 부임해서 가난한 사람들을 모아 짚신을 삼게 했다. 농사지을 땅이나 장사할 거리가 없는 사람들은 특별한 기술이 없어도 하루 열 켤레만 삼으면 먹고 사는데는 충분했다고 한다. 그러니 짚신 삼기는 일반인들의 인기 있는 부업이어서 농한기에 농부들은 물론 승려들까지 짚신을 삼아서 생계에 보탬이 되었다고 하니 가난한 서생에게 짚신 삼기는 마다할 일이 아니다. 산촌의 겨울은 깊고도 길다. 개가 눈길을 뚫어야 이웃과 통하고, 처마 밑으로 날아든 새들도 아침에 게으른 것이 산촌의 겨울이다. 글씨가 잘 안 보이는 까닭은 붓이 가는 탓이 아니라, 노안이 먼저 찾아온 나이 탓이리라. 가난한 시인의 오두막은 집값 이래야 얼마가 나가겠는가. 가지에 달이 걸린 오동나무 두어 그루와 외상 술값 대신으로 갚고 남은 시 몇 수 값이 전부일 것이다.

次玉峴71)任雅俊汝大庭晬原
옥현 임준여의 '대정 수' 원시에 차운하다

玉洞烟花逸老丹	꽃 천지 옥동 사는 편안한 늙은이
性靈養得太和春	성정을 잘 길러 봄처럼 충만하다
鯉庭72)兒最今年好	아이들은 잘 키워 가장 좋은 때이나
鶴髮人難此日新	늙은 부모에겐 오지 않을 청춘이다
籬竹園松淸樂府73)	울 두른 송죽이 악부처럼 청아하고
岩雲嶺月近仙隣	산마루에 달뜨니 선계나 다름없다
請君氣力餘多壽	그대 기력 오래도록 보존하여
垂釣同來渭水74)晨	위수에 새벽 낚시 드리우러 가세나

---

71) 충남 보령군 미산면 옥현리로 추정되는 지명.
72) 공자의 아들인 리(鯉)가 뜰[庭]을 지나가자 공자가 "너는 ≪시경(詩經)≫을 배웠느냐?" 하므로, 리가 "못 배웠습니다."고 대답하니, 공자가 "≪시경≫을 배우지 않으면 말을 할 수 없는 것이다."하므로, 리가 물러 나와 ≪시경≫을 배웠다는 데서 온 말이다. ≪論語≫ 〈季氏篇〉
73) 민간의 가요를 수집하고 음악을 관장하던 관청의 악부에서 채집·정리한 각 지방의 속요(俗謠)를 일컫는다. 이러한 노래의 가사를 악부(樂府) 혹은 악부시라고 부른다.
74) 강태공(姜太公) 여상(呂尙)을 조옹(釣翁)이라고 하는데, 강태공은 나이 늙어 한가히 위수(渭水)의 반계(磻溪)에서 낚시질하다가 문왕(文王)을 만나 태사(太師)로 발탁되었고 뒤에 문왕의 아들인 무왕(武王)을 도와 은을 멸망시키고 천하를 평정한 고사를 인용하였다. ≪史記 卷32 齊太公世家≫

庭暉 : 회수연이 베풀어진 자리
烟花 : 꽃핀 봄날의 아름다운 경치
逸老丹 : 편안한 마음으로 늙어가다
性靈 : 인간의 정신·성정
太和 : 화평함이 크고 가득하다
年好 : 시기가 좋을 때
鶴髮 : 학의 머리처럼 머리가 흰 사람, 주로 늙은 부모
籬竹園松 : 울타리의 대나무와 마당가에 선 소나무, 늘 푸른 상록수를 말한다
岩雲嶺月 : 산마루에 구름 사이로 뜬 달
多壽 : 장수할 때까지 오래도록
垂釣 : 낚시를 드리우다

☞ 감상

옥현은 충남 보령의 미산면 옥현리다. 옥동玉洞이라고도 하는 이곳 지리는, 동쪽에 부여 옥산면 학산리, 서쪽에 미산면 내평리와 경계하고 있다. 남쪽으로는 옥녀봉을 주산으로 좌청룡에 칠능태산, 우백호로 병목산이 감싸고 있어 학이 포란하고 있는 전형적인 길지 형국이다. 마을 안쪽 한가운데로 흐르는 옥현천이 북서로 보령호에 합류하였다가 웅천읍을 지나 서해로 안긴다. 지리는 인걸을 키워 낸다고 하였다. 동리 이름만큼, 산마루에 달뜨면 선계나 다름없고 이런 풍광에서 성정을 잘 길렀으니 생일 맞은 당사자는 봄처럼 충만하지 않을 수 없다. 더구나 지금은 한창 꽃이 만개하여 마을 천지는 꽃 대궐을 이루었고 이곳 옥동에서는 친구 임준여의 생일잔치가 성대하게 열렸다. 백리百里 근동의 일가친척, 친구들이 모인 가운데 운자를 따서 수연시 한 수씩 지어낸다. 오래도록 기력보존하여 강태공과 나란히 낚시 다니자는 것보다 더한 미사美辭가 있겠는가.

自揆悶二絶

나의 고민을 헤아리다 절구 2수

1.

渡時深淺水	물 건널 때 깊이를 알게 되고
衡後重輕金	저울질해야 무게를 알게 되듯
難渡難衡處	건너기도 저울질도 어려울 때
向人未料心	사람 마음 헤아리기도 어렵다네

深淺水 : 물의 깊이
重輕金 : 물건의 무게
處 : 때
未料 : 헤아리지 못함

❧ 감상

하서 김인후가 지은 것으로 알려진 『백련초해百聯抄解』에 "봄꽃은 누구에게나 활짝 피었건만 만물은 대하는 사람의 느낌에 따라 깊이가 다르네."라고 인용한 시가 있다. 자연은 그러한 채로 있건만 받아들이는 사람의 감정과 판단에 따라 각기 느낌은 다르게 나타난다. 하물며 인간에게 있어서랴. 열 길 물속은 들여다볼 수 있어도 한 길 사람 속은 알 수 없다고 하지 않는가.

2.

雲猶多事跡	구름은 숱한 사연 내려다봤을 테고
鳥亦見機吟	새들도 사연마다 지저귀는데
非鳥非雲者	새도 구름도 아닌 나는
有誰共和音	누구와 화운하며 시 지을까

事跡 : 일의 전모, 흔적
見機 : 일이 있음을 앎
和音 : 상대와 더불어 시에 화답함

⤳ 감상

　나옹선사의 게송(偈頌)은 지금도 많이 불리어 전하고 있다. "청산은 나를 보고 말없이 살라 하고 창공은 나를 보고 티없이 살라 하네"라고 하며 사랑도 미움도, 성냄도 탐욕도 훨훨 벗어버리라고 일갈한다. 속박에서 벗어나 '진아(眞我)'를 찾으라고 하며 '무생 무멸의 자유'를 외친다. 그물에 걸리지 않는 구름처럼, 길 없는 길을 나는 새처럼 시인은 자유를 갈망한다. 세상이라는 그물에 걸려, 번뇌라는 새장에 갇혀 시 한 줄도 쓸 수 없는 자신의 처지를 안타까워하고 있다.

謾吟
장난삼아 읊다

難得光陰住少時75)	세월은 잠시도 멈춰서지 않는데
故人違約日西移	친구는 오지 않고 해 이미 기울었네
坐聽簷雪鈴鈴雨	처마 밑에 앉아 눈 녹은 낙수 소리 듣다가
臥看爐煙細細絲	화로 곁에 누워 하늘하늘 피어나는 연기 보네
憎老還憐尋老友	늙는 것 싫지만 늙은 친구 찾게 되고
廢書晚覽勸書兒	덮었던 책 늙어서 넘겨보곤 아이에게 권하네
梅於天下何爲白	매화는 천지에 어찌 이리 희고 고운가
魂返西施76)去後眉	서시의 돌아온 혼인가 남기고 간 모습인가

難得 : 하기 어렵다.	光陰 : 시간, 세월
住少時 : 짧게 머문 시간	違約 : 약속을 어겼다
日西移 : 해가 서쪽으로 기울었다	簷雪 : 처마위에 쌓인 눈
鈴鈴雨 : 방울방울 떨어지다	細細絲 : 실처럼 하늘하늘 피어나는 모습
還憐 : 참으로 가련하다.	廢書 : 책을 덮고 읽지 않음
晚覽 : 만년에 읽음	爲白 : 흰빛이 되다
魂返 : 환생한 모습	去後眉 : 남기고 간 모습

---

75) 당나라 시인 대숙륜(戴叔倫)의 〈호남즉사(湖南卽事)〉에 "원수(沅水)와 상수(湘水)는 밤낮없이 동쪽으로 흘러가 시름겨운 사람 위해 잠시도 멈추지 않네. 沅湘日夜東流去 不爲愁人住少時."라고 하였다.

76) 성(姓)은 시(施)인데, 집이 저라(苧蘿) 완사촌(浣紗村) 서쪽에 있다 해서 서시라는 이름을 얻었다고 한다. 춘추시대 말기 월(越)나라의 유명한 미인으로 오왕(吳王)의 총애를 받았다. 후세에 절세미인(絕世美人)의 대명사로 통한다. 『삼국지 사전』 현암사 간. 참조

🐦 감상

  당나라 시인 대숙륜戴叔倫은 그의 시 〈호남즉사湖南卽事〉에서 '멈추지 않는 세월'을 두고 "시름겨운 사람을 위해 잠시도 멈추지 않는다"라고 하였다. 작자는 이를 용사用事하여 흐르는 시간의 아쉬움을 나타내면서 아무런 기별도 없이 해 기울 때까지 오지 않는 친구의 야속함을 은연중 내비치고 있다. 온종일 "처마 밑에 앉아 눈 녹은 낙수 소리 듣다가, 화로 곁에 누워 하늘하늘 피어나는 연기를 보"면서 속절없이 친구를 기다리고 있는 상황은 마치 이상이 쓴 소설 〈권태〉의 한 구절을 연상하게 한다. 친구를 기다리며 온종일 서성이는 시인의 모습이 「권태」의 주인공처럼 나른해 보이기도 하고 하릴없이 하루해를 다 보낸 무기력에 시인 스스로 부아가 난다. 덮었던 책을 다시 들추었으나 눈에 들어오겠는가. 자신도 "늙는 것이 싫지만 그래도 늙은 친구를 찾"을 수밖에 없는 현실이 마뜩하지 않은 것이다. 이처럼 시인은 평이하고 담박淡泊하게 자신의 속내를 간접적으로, 그렇지만 확실하게 드러내고 있다.

閑居
한가로이 지내다

坐爐臥枕已西暉　　화롯가에 앉았다 누웠다 해는 벌써 지고

歲暮山中見客稀　　한 해 저문 산중에 길손 자취 드물구나

酒到鼪腸⁷⁷⁾移甲怒⁷⁸⁾　하찮은 뱃속에도 술 마시니 노여움 풀리고

琴醒嵩夢化丁威⁷⁹⁾　술 깨보니 꿈꾼 학은 정영위였네

媒燈唫苦梅腮瘦　　등불 아래 애써 읊은 매화는 야위는데

苔雨氷寒石骨肥　　젖은 이끼 차가워도 매화분만 살졌네

却向誰人多少說　　그러나 많은 얘기 누구에게 해야 하나

湖雲⁸⁰⁾無信約三違　　호운은 세 번이나 기별도 없이 안 오네

---

77) 술을 마시고 화가 사그라졌다는 말이다. 언장(鼪腸)은 두더지의 창자라는 말로 보잘것
없는 존재를 가리키는 말이다. 《장자(莊子)》〈소요유(逍遙游)〉에 "두더지가 황하의
물을 마셔도 제 배만 채울 뿐이다. 偃鼠飮河 不過滿腹." 하였다.

78) "노함을 옮기지 않고 풀다" 《논어》〈옹야(雍也)〉편에 "안회라는 사람이 있는데 배움을 좋아
하며, 노한 것을 옮기지 않는다. 有顏回者好學 不遷怒."라는 구절에 대해 주자(朱子)는 "갑에
게서 노한 것을 을에게 옮기지 않는 것이다. 怒於甲者, 不移於乙."라고 하였다.

79) 정위는 한(漢)나라 때 요동(遼東) 사람 정영위(丁令威)이다. 그가 일찍이 영허산(靈虛山)
에 들어가 신선술을 배우고서 훗날 학(鶴)으로 변화하여 고향인 요동의 성문(城門)
화표주(華表柱)에 앉아 있었더니, 어느 소년(少年)이 활로 쏘려 하기에 공중을 배회하
면서 "새여, 새여, 정영위여, 집 떠난 지 천 년에 지금 비로소 돌아왔는데, 성곽은 예와
같건만 사람은 옛사람 아니구나. 왜 선술(仙術)은 배우지 않아 무덤만 쌓였는고? 有鳥
有鳥丁令威 去家千年今始歸 城郭如故人民非 何不學仙冢纍纍?"라고 하고는 마침내 하늘
높이 날아올라 갔다는 고사가 있다. 《搜神後記 卷1》

80) 박긍순(朴兢淳)의 자(字)로 추정

却 : 발어사. 그러나, 문득
西暉 : 석양夕陽
歲暮 : 한 해가 저물어 설을 바로 앞둔 때, 세밑
鳥夢 : 꿈에 보인 학. 鳥은 학鶴의 古字이다
唫苦 : 시 짓기의 어려움
梅腮 : 매화가 피려고 봉오리 진 모습, 腮는 顋(빰시)의 俗字
石骨 : 매화를 심어 놓은 화분
却向 : ~향하여, ~에게

감상

   이 시는 앞 시 〈謾吟〉의 연작시인 것처럼 같은 상황狀況이 이어지고
있다. 한 해가 다 저물어가는 산촌에 길손들 자취도 끊겼고 더구나
오기로 했던 친구가 기별도 없이 오지 않았다. 혹시나 하는 마음에
화롯불을 피워놓고, 앉았다 누웠다 하면서 온종일 친구 오기를 기다렸
다. 앞 시에 이어, 오지 않은 친구는 '호운'이라고 밝혔다. 호운은 시인
과 망년지교 했던 박 창북의 자字다. 그리 멀지 않은 근동에 거주했던
호운이 기별도 없이 오지 않은 것에 대해서 시인은 섭섭함과 아쉬움,
궁금함 등 복합적인 심리상태를 보여주고 있다. 그래도 술 한잔 뱃속에
들어가니 노여움이 조금 풀리고, 술김에 잠시 눈붙였던 꿈속에서는
친구가 아니라 신선과 노니는 꿈을 꾸었으니 허전한 심사에는 역시
술이 약이 되었다.

與朴禮山⁸¹⁾滄北趙友夢洲同和 五首
예산 박 창북과 친구 조 몽주와 함께 화운하다 5수

1.

白面三分借酒紅	백면서생 셋이 앉아 술기운 오르니
詩心笑領一春風	봄바람에 기분 좋고 시심 가득하다
宦情夢薄陶窓北⁸²⁾	도잠은 북창에 누워 벼슬 생각 버렸고
客語⁸³⁾月高魯海東	객어는 해동에서 달처럼 떴는데
病老同憐人似雀	병든 늙은이 가련키는 뭇 새와 한가지
炎凉相送世皆鴻⁸⁴⁾	영욕이 물러가니 세상사 모두 기러기라
有逢無別青山屋	만나야 다를 리 없는 산속 오두막엔
烟柳初醒細雨中	버들개지 막 실비에 깨어났다

---

81) 예산은 박창북이 벼슬살이하던 부임지를 일컫는 지명이다. 박창북이 지은 『창북고(滄北稿)』에 1863년에 쓴 시 중에 "三月初七 恩除禮山 十八日……"라는 시제(詩題)가 있는 것으로 보아 박창북은 1863년 3월에 예산 현감에 제수되었음을 알 수 있다.

82) 도연명이 전원생활을 즐기면서 "여름철 한가로이 북쪽 창가에 잠들어 누웠다가 삽상한 바람이 불어와 잠을 깨고 나면 문득 태고적 사람인 것처럼 느껴지곤 한다."고 말한 데에서 인용하였다. 여기서는 친구 창북(滄北)과 동음을 가차하여 중의적으로 썼다.

83) 송나라 문원공(文元公) 조형(晁逈)이 쓴 책. 유·불·선을 모두 익힌 그의 말은 교화에 큰 영향을 끼쳤는데 일생동안 섭심(攝心)을 일삼으며 도원(道院)에 혼자 거처하고 나이가 아흔이 넘도록 병 없이 살다 죽었다. 왕안석이 지은 우부랑조군묘지명(虞部郎晁君墓誌銘)에 "조형(晁逈)은 포의(布衣)에서 발신(發身)하여, 태자태사(太子太師)가 되었다. 逈奮布衣 太子太師."고 쓰여있다.

84) 소식(蘇軾)의 〈화자유면지회구(和子由澠池懷舊)〉에 "우리 인생 가는 곳마다 어떠한가. 응당 기러기 눈 속 진흙 밟은 것과 같겠지. 진흙에 우연히 발자국 남기지만 기러기 날아가면 어찌 동서를 따지랴. ……應似飛鴻踏雪泥……鴻飛那復計東西." 하였다. 여기에서 유래한 고사성어가 '설니홍조(雪泥鴻爪)'인데, 인생의 정처 없음을 가리킬 때 쓰인다.

白面 : 백면서생白面書生
酒紅 : 술기운으로 얼굴이 붉게 되었다
笑領 : 웃으며 맞다
宦情 : 벼슬 생각
夢薄 : 꿈속에서조차 가벼이 여겼다.
窓北 : 전원에서 한가로이 즐기는 은일隱逸의 정취
月高 : 높이 떠서 밝게 비치다. 어리석음을 일깨우다
炎凉 : 염량세태炎凉世態, 영욕에 따른 세상의 인심

🍃 감상

   앞 시 두수에서, 기다려도 오지 않았던 친구 박창북은 겨울을 보내고 이듬해 봄에 시인과 만났다. 기다리던 친구와 만난것도 즐거운 일인데 화창한 봄 풍경이 더없이 좋다. 다른 친구 조몽구까지 함께하여 술기운이 오르니 시심이 충만하다. 도연명이 전원에서 은일의 정취를 느끼며 살았듯이 세 사람도 전원에 묻혀 달빛 아래 시 지으며 욕심 없이 사는 것에 만족하고자 한다. 사람도 늙고 병들면 쓸모없는 존재가 되고, 삶이 다하면 왔다가 떠나가는 기러기에 불과하다. 변함없이 늘 가난한 오두막이건만 그래도 함께 늙어가는 친구들을 기다리고 만나니 행복하다. 버들개지 깨어나는 봄의 환희처럼.

2.

頭棹難禁白髮來	머리 저어 사양해도 오는 백발 못 막아
近年却避鏡相開	요즘엔 아예 거울조차 보지 않네
靑烟散種先生柳	봄 안개 속에 도연명의 버들 심고
紅雨分培學士梅85)	꽃비 내려 학사매를 손질하였네
春意題詩樓氣聳	시로 지은 봄기운 누대에 솟더니
夜心參佛水聲回	참선하는 밤 마음은 물처럼 휘도네
吾生非酒緣何笑	내 인생 술 아니면 무엇으로 웃으랴
又是情人勸勸盃	또 정든 이가 거듭 술잔 권한다

頭棹 : 머리를 저어 거절하다
難禁 : 막을 수 없다
却避 : 아예 피하다
鏡相開 : 거울을 펴서 얼굴을 들여다 보다
靑烟 : 초목이 피어나 안개 낀듯한 풍경
紅雨 : 꽃잎이 흩날려 꽃비가 오는듯한 풍경
樓氣聳 : 시 짓는 누대가 文氣로 충만하다
參佛 : 참선하다
勸勸盃 : 거듭 술잔을 권하다

---

85) 이행(李荇)이 〈어득강(魚得江)〉의 산음십이영(山陰十二詠)에 차운한 시 〈지곡심비(智谷尋碑)〉를 설명한 대목에 나온다. "산청 유산 북쪽에 절이 하나 있는데 이름은 지곡사이다. 절의 동서에 비석이 있고 비석 옆에 매화나무 하나 서 있다. 나는 이를 '학사매'라 이름 짓고 시를 지었다. 楡山北有寺曰智谷 東西有碑 旁有一梅 余名之以學士梅." 《용재집》 7권 〈해도록(海島錄)〉

감상

    시인의 선조인 고려 우탁禹倬의 시조 가운데에도 일명 '백발가'라고
도 하는 〈嘆老歌〉가 있다. 禹倬은 "막대와 가시를 쥐고 오는 백발 막으
렸더니 백발이 먼저 알고 지름길로 왔다."고 하였는데, 이에 비하면
작자는 "머리만 가로저어 백발을 사양할 뿐."이라고 하였으니 자신의
할아버지보다 소극적으로 백발을 거부하고 있는 셈이다. 그런 가운데
서도 시인은 봄이 되면 도연명처럼 버들을 심고 임포처럼 매화나무를
손질하면서 전원에서의 삶을 가꾸고 있다. 웃을 일 없는 세상 풍진
속에 시인과 술은 불가분의 관계여서 자연에 묻혀 락도樂道하며 술
속에서나마 웃을 일을 찾는다. 오는 백발은 사양하지만 주는 술잔은
마다하지 않는 시인이다.

3.

移花種竹補虧籬	꽃과 대 옮겨심어 망가진 울 고치고
散愛庭前玉五枝[86]	매화 몇 그루 소중히 뜰앞에 심는다
花入人家烟若夢	집안에 들였더니 꽃 안개 꿈결 같고
春生客語月初眉	봄꽃들과 애기 중에 손톱 달 떴다
歸心聽雨多端苦	빗소리에 그리운 마음 더욱 커가고
老眼看書太半疑	늙어 책 보니 모르는 게 태반이다.
養性非關分外事	천성을 가꾸기란 본분 밖의 일인가
冥冥惟信上天知	저승 가면 그곳에선 알아주리라

虧籬 : 울타리가 망가지다
散愛 : 소중히 나누어 심다
玉五枝 : 대여섯 그루의 나무
春生 : 봄에 피어난 꽃
客語 : 상대와 말을 주고받다
月初眉 : 초승달, 손톱 달
多端苦 : 여러 가지로 괴롭다
太半 : 대부분
養性 : 천성을 함양涵養하다
非關 : 관련된 것이 아니다
冥冥 : 먼 하늘, 저승

---

86) 이백이 위만(魏萬)과 함께 진회(秦淮)와 금릉(金陵)을 유람하고 작별할 때에 〈왕옥으로 돌아가는 왕옥산인 위만을 보내며 〈送王屋山人魏萬還王屋〉를 지어 주었는데, 그 시에 "동창 밖의 푸른 옥수는 분명 몇 가지가 자랐으리. 東窓綠玉樹 定長三五枝."라는 구절이 있다. ≪李太白集注 卷16≫

꽃나무 몇 그루로 바람이나 막고 땅의 경계나 표시할 뿐 담장이랄
것도 없으니 굳이 울이 망가질 일도 없다. 요즘의 콘크리트나 철제로
된 높다란 담장은 이에 비해 부끄럽기 짝이 없는 흉물에 불과하다.
마당에 꽃나무 옮겨 심고 꿈결 같은 꽃 대궐 속에서 꽃들과 대화하다
보면 어느새 초저녁달도 떠 오른다. 봄비가 부슬부슬 내리는 날이면
지나간 추억들도 떠오르고 그리움은 더욱 커지게 마련이다. 책을 꺼내
읽고 있으나 내용은 눈에 들어오지 않고 보고 싶은 사람만 자꾸 눈앞
에 어른거린다. 세류에 맞춰 영악하게 살아가는 것은 본디 시인의
타고난 성품이 아니라서 몸에 맞지 않는 옷처럼 불편하다. 시인은
그저 자신의 품성대로 살다가 자연으로 돌아가고 싶은 것이다.

4.

踏踏春回野戶東	마을 어귀 걸음마다 봄은 오는데
重宵細雨雨風風	밤 깊자 바람불고 가랑비 내린다
故人來自雲鄉白[87]	친구는 맑은 선계로 가고
是我生居酒國紅	나는 살아 술 속에 있다
畵意看山多怪石	기암괴석 산경 보면 그리고 싶듯
琴心聽水勝枯桐	거문고 타고 싶은 저 무성한 빗소리
明朝相憶江南路[88]	아침 되면 서로 먼 길 떠나야 하니
燕去鴻來夢每同	제비 기러기 오갈 때 그리움도 매양 같겠지

踏踏 : 발자국 소리의 의성어
春回 : 봄이 돌아오다
野戶東 : 마을의 봄이 오는 방향, 동東은 오행五行에서 봄을 가리킨다
重宵 : 깊은 밤
細雨 : 가랑비 오다
雨風風 : 바람이 불다
雲鄕白 : 깨끗한 선계
酒國紅 : 홍진紅塵에 묻힌 술 세계
多怪石 : 기암괴석이 많다
水勝枯桐 : 무성한 오동잎에 떨어지는 빗소리
夢 : 그리움

---

87) 흰 구름 위에 있는 마을이라는 뜻으로, 천제나 신선이 사는 곳을 비유적으로 이르는 말
88) 당(唐)나라 가지(賈至)의 시 〈송이시랑부상주(送李侍郞赴常州)〉 "오늘 그대 보내야 하니 아주 크게 취해보세 내일 아침이면 서로 그리워도 길만 멀고 아득하리. 今日送君須盡醉 明朝相憶路漫漫."에서 인용.

◈ 감상

　남녘으로부터 불어오는 봄바람이 어느새 동구 밖에 이르렀다. 봄비 내리는 저녁, 친구 하나는 먼 길 떠났다. 불로불사하는 천계로 떠난 친구를 생각하며 속세에 남아 있는 시인은 아침이 되면 친구와의 영별을 위해 밤늦게까지 홀로 이별주를 마시고 있다. 좋은 풍경을 만나면 그림 그리고 싶어지듯, 저 무성한 빗소리에 묻혀 거문고나 타면서 거추장스러운 세상사도 잊고 싶은 것이다. 당나라 시인 가지賈至가 상주로 부임하기 위해 떠나는 이시랑과 이별주를 마시면서 지은 〈송이시랑부상주送李侍郞赴常州〉를 이 시에 인용해 옴으로써, 시인은 죽은 친구를 벼슬살이하러 떠난 것으로 승화시켰다. 봄가을 때가 되면 몹시도 그리울 것을 알지만, 거자필반去者必返을 되뇌면서, 언젠가는 꼭 다시 만날 것도 알기 때문이다.

5.

湖南春色逐人來	남쪽의 봄기운은 사람을 좇아 와
宿雨新晴野戶開	밤새 오던 비 그쳐 들창문 열었네
送豈無情憐客柳89)	봄 손님 보내는데 어찌 그리 무정한가
飮難了債向妻梅90)	매처에게 빚진 술값 다 갚지 못하네
相關白髮鷗同老	백발을 알아주는 갈매기와 같이 늙고
有路靑天鴈淸回	하늘에 길을 내어 기러기 돌아가네
從古文章皆逆旅91)	예부터 문장은 만물의 여관이라더니
長歌宇宙小如盃	장가 속의 우주도 술잔만큼 작구나

宿雨 : 밤새 내리는 비
客柳 : 객사의 버들, 버들잎을 봄 손님으로 은유
野戶 : 오두막집에 낸 들창문
飮難了債 : 술빚을 갚기 어렵다
相關 : 마음이 서로 묶이다
逆旅 : 여관

---

89) 당나라 왕유(王維)의 〈송원이사안서(送元二使安西)〉에 "위성의 아침 비 가벼운 먼지 적시니, 객사 버들 푸르고 푸르네. 권하노니 그대여 한 잔 더 들게나, 서쪽 양관을 나서면 아는 친구 없으리니. 渭城朝雨浥輕塵, 客舍靑靑柳色新, 勸君更盡一杯酒, 西出陽關無故人."라고 한 것을 원용했다. 《王右丞集箋注 卷14》

90) 송(宋)나라 임포(林逋)가 고산(孤山)에서 은거하며 매화를 심어 아내 삼고 학을 기르면서 자식 삼아 평생을 보냈으므로 '매처학자(梅妻鶴子)'라고 일컬어졌던 고사를 인용했다. 《夢溪筆談 人事2》

91) 이태백의 시 〈춘야연도리원서(春夜宴桃李園序)〉에 "천지는 만물의 여관이요 세월은 백 세대를 이어가는 과객이라. 天地者萬物之逆旅, 光陰者百代之過客."라고 하였다.

❧ 감상

봄이 되어 날이 풀리면 사람들 왕래도 잦아지게 마련이다. 시인의 눈에는 봄이 사람을 좇아 온 것으로 보인다니 놀랍다. 밤에 내리던 비가 그치고 날이 드니 들창문을 열어 두었다. 혹시 반가운 친구라도 찾아올지 모르기 때문이다. 이 좋은 봄날이 오고 가는데 어찌 술이 없으면 되겠는가. 매화와 수작하며 지은 시는 술값에도 못 미치게 아직 흡족하지 못하다. 갈매기와 기러기는 벗이 되어주었는데 기러기는 봄이 되자 북으로 돌아가고, 그나마 갈매기만 남아서 같이 늙고 있다. 세상 만물은 문장 속에 모두 담을 수 있지만, 인간 세상의 이야기래야 결국 술 한잔 속에 다 녹아 있는 것 아니겠나.

次東幕[92] 金君壽韻
동막 김군의 칠순 축하시에 차운하다

從古幾稀一曰傳	예로부터 칠십을 부傳라 하나니
對君非賀享今年	그대 보니 금년만 누릴 하례 아니로세
又十年	10년을 더 산
侯老[93]折風[94]生魏市	절풍건 쓴 장량은 위나라 저자에 살았고
更十歲	다시 십년을 더 산
姜翁釣月上周天	강태공은 달을 낚아 하늘로 올라갔네
如回春日三冬暖	한겨울에 봄이 온 듯 따뜻하고
自有仁人十世全	응당 어진 사람 대대로 온전하리
二子四孫叢舞席	아들 손자 모두 모여 춤추는 자리
調琴最愛晚床圓	늦게까지 둘레 상엔 거문고 가락 좋아라

幾稀 : 古稀, 70살
賀享 : 하례를 받다
姜翁 : 강태공
釣月 : 물에 비친 달을 건지려다가 익사한 것을 비유함
周天 : 하늘
三冬 : 삼 개월간의 겨울
十世 : 대대로
二子四孫 : 아들 손자의 총칭
床圓 : 둘러앉아 식사하는 둘레 상

---

92) 도사(都事)나 판관(判官)이 있던 처소
93) 유후(留侯), 장량(張良)을 말함
94) 절풍건(巾)을 말하며 상고시대 관모(冠帽)의 하나.

⤳ 감상

　70세를 일컫는 '고희'는 두보가 〈곡강이수〉의 시에서 '인생칠십고래
희人生七十古來稀'라고 한데서 나온 말이다. 고희는 희수稀壽라고도 한
다. 그 나이만큼 사는 사람이 예전에는 드물었기 때문이다. 친구 칠순
연의 시축詩軸에 차운한 시이기 때문에 덕담이나 축하의 내용을 쓰는
것은 마땅한 일이다. 지금보다 10년 더 살아서 장량처럼 일국의 공신이
되고, 다시 10년을 더 살아서 강태공처럼 특등공신이 되라고 축원하고
있다. 품계 낮은 벼슬자리에 국한되었던 늙은 친구에게 천수를 누리면
서 공신의 반열에 오르라 했으니 이보다 더한 찬讚은 없을 듯하다.
장자방과 강태공은 각기 나라를 개국한 일등 공신들이며 백수白壽가
넘도록 살다가 신선이 되었다고 전해오는 인물들이다. 한겨울인데도
봄처럼 온화한 날씨의 칠순 잔치 날처럼, 어진 성정이 대대로 이어지기
를 기원하고 있다.

入闉翌日會于典洞⁹⁵⁾李承旨家 三首
한양에 간 다음 날 전동 이 승지의 집에서 만나다 3수

1.

計程五日一筇忙	닷새 일정에 늙은 걸음 바빴는데
雨裏南山鬱立蒼	빗속에도 남산은 울창하게 서 있네
少別老逢猶記面	어려 헤어졌다 늙어 만나도 그 얼굴
詩酬酒話自生香	시와 술 오가니 저절로 향기 나네
柳烟散入千門碧	버들잎 활짝 피어 온 마을 푸르고
麥氣浮回四月黃	보리 내음 불어와 사월이 익어가네
休問斯儂鬚盡白	내게 왜 백발 됐나 묻지 마시라
最多秋夢一生凉	온 생이 처량토록 이리 허전할 줄이야

闉 : 도성의 문루. 한양
計程 : 일정에 대한 계획
筇忙 : 걸음이 바쁘다.
雨裏 : 비 내리는 가운데
記面 : 기억에 남아 있는 얼굴
酬酒話 : 대작하며 시와 대화가 오가다
千門 : 마을, 千戶와 통용
黃 : 누렇게 익어가다
休問 : 묻지 마라
斯儂 : 나에게

---

95) 종로구 견지동 · 종로2가동 · 공평동에 걸쳐 있던 지명. 현재 종로구 견지동 옛 우정국 자리에 있었던 전의감(典醫監)에서 유래된 지명이며 전의감(典醫監)은 궁중에서 사용하는 의약과 왕이 하사하는 의약을 제조 공납하는 관아였다. 『서울지명사전』 서울역사편찬원 간. 참조

◈ 감상

　닷새 일정으로 전동典洞에 사는 친구 이 승지를 만나러 상경하였다. 시인이 서울에 당도하였을 때 가장 먼저 눈에 띈 것은 푸른 소나무 울창한 남산의 모습이다. 어려서 헤어진 후 오랫동안 만나지 못했으나 친구의 어릴 적 모습은 고스란히 남아 있다고 하였다. 누군들 죽마고우의 얼굴을 잊을 리가 있겠는가. 해후邂逅의 기쁨을 술과 시로 나누니 술향기 먹 향기가 방안 가득할 것이다. 이미 도성에도 초록이 완연하고 교외의 들녘에는 보리 이삭이 패여 사월이 익어가는 계절이다. 수십 년을 못 보고 사는 동안에도 마음은 제자리에 있었지만, 세월은 훌쩍 백발이 되었다. 늙어가는 것이 이토록 서러운 줄을 미처 몰랐다고 하니 시간의 간격이 많았음을 알 수 있다.

2.

湖南芳草客筇飛	봄바람은 나그네 걸음 채근하더니
初月黃扉入翠微	초승달 떠 사립 틈 은은한 빛 들어 오네
數點鍾聲樓閣起	종루에서 퍼지는 종소리 셀 때
一晴天氣雨風歸	맑게 갠 날씨처럼 고달픔도 사라졌네
蜂猶唐突窺香朶	벌들은 다부지게 꽃향기 탐하고
燕不尋常96)語晩暉	제비 드문드문 석양 속에 지저귀네
詩料何嫌零酒債	술값 대신 시 써 준 들 안될 일 없지만
身邊剩有典春衣97)	전당 잡힐 봄옷이 아직은 남아 있네

芳草 : 풀향기
筇飛 : 발걸음이 바쁘다
黃扉 : 사립문
翠微 : 푸르스름한 빛
數點 : 수를 세어 확인하다
雨風歸 : 고달픔이 사라지다
唐突 : 다부지다
窺香朶 : 꽃에서 향기를 탐하다
不尋常 : 드문드문하다
晩暉 : 저녁노을, 석양
詩料 : 시로 돈 대신 지불하는 값
剩有典 : 전당 잡힐 것이 남아 있다

---

96) 尋(심)과 常(상)은 길이를 뜻하는 단위로 각기 8자, 16자를 뜻한다. 춘추전국시대 제후들이 쟁패에 혈안이 된 나머지 '심상(尋常)의 땅을 다투었다.'라고 하니, 한 평 남짓 되는 땅을 빼앗기 위해 싸웠다는 뜻으로 아주 대수롭지 않고 작은 규모였음을 알 수 있다.

97) 두보의 곡강(曲江) 시 "조정에서 돌아오면 봄옷 잡혀놓고 매일 강가에서 취하여 돌아오네. 朝回日日典春衣　每日江頭盡醉歸."를 인용하였다.

💠 감상

봄바람은 남녘으로부터 달짝지근한 꽃향기와 함께 온다. 날씨 풀렸으니 해야 할 일도 많고 갈 길도 바쁘다. 저녁 어스름 초승달이 뜨고 나서야 바빴던 다리를 펴고 하루 일정의 고단함을 쉰다. 낮에 부지런히 꿀을 탐하던 벌들도, 저녁 무렵 되자 여기저기 짝을 불러 깃든 제비들도, 이젠 저 포근한 달빛 아래 쉬고 있으리라. 두보는 곡강曲江 시에 노래하기를 "조정에서 돌아와 봄옷 잡혀놓고, 매일 강가에서 취하여 돌아오네."라고 하였다. 시인도 마찬가지, 아직 전당 잡힐 봄옷이 한두벌 남아 있는 한 술값 대신으로 시를 써주고 싶지는 않은 것이다.

3.

笑過六十年	지나간 육십 년 세월 웃어넘기니
風雨掃眉愁	미간에 쌓였던 수심 바람이 쓸어간다
世事烟歸水	물로 돌아가는 안개처럼 세상사 덧없는데
詩心月在樓	누각 위에 뜬 달이 시심을 부른다
花鄉人不老	선계의 신선도 늙지 않지만
酒國客無秋	술 속에 사는 나도 세월이 없다
長安浮宦海	벼슬살이 부침하는 한양 거리에
車馬似船流	배 떠가듯 말과 수레 오간다

六十年 : 살아온 60평생
眉愁 : 미간에 수심으로 인해 생긴 주름
花鄉 : 선계
酒國 : 술 속에 파묻힌 속세
無秋 : 세월 가는 줄 모른다
浮宦海 : 바다 위에 떠 있듯 안정되지 못한 벼슬살이

✎ 감상

    시인의 자전적 시다. 육십 생을 되돌아보면서 헛웃음 나올 만큼 덧없고 아쉬운 심경이 짙게 배어있다. 그러나 '물로 환원되는 수증기와 같은 것이 인생이며 세상사 아닌가'라고 자문자답하면서 미간에 쌓였던 회한을 비우고 있다. 함련의 '세사世事와 시심詩心', 경련의 '화향花鄉과 주국酒國'을 대우하면서 '세상과 나', '선계와 현실'을 대등하게 병렬竝列시키고 한양에서 벼슬살이에 부침하는 뭇 벼슬아치들 보다 자신의 인생이 결코 이에 못지않았음을 나타내고 있다.

與洛中諸益暇日遊於北松峴[98]
한양에 있는 여러 친구와 한가한 날 북송현에서 유람하다

隙隙松間谷谷溪	빽빽한 송림 사이 냇가에는
佳人濯錦畫眉齊	가지런히 단장하고 빨래하는 여인들
繞城皆石多荊戶[99]	성을 두른 돌만큼 집들 많은데
登路如天小蜀西[100]	길은 하늘 오르는 듯 촉서보다 좁네
欲語靑山無語立	청산에 말하려고 말없이 서 있는데
有情黃鳥盡情啼	유정한 꾀꼬리만 한껏 노래하네
一場暫幻文章骨	타고난 문장도 덧없는 환상인데
半日仙緣幾伴携	반나절 몇몇 친구 신선 인연 맺었네

諸益 : 여러 친구
隙隙 : 빽빽한
谷谷 : 골짜기마다
濯錦 : 빨래하다
畫眉齊 : 가지런히 눈썹 그려 단장함
暫幻 : 잠깐의 환상. 짧은 인생을 비유함
半日 : 한나절
文章骨 : 타고난 글 재능
仙緣 : 신선놀음하는 인연을 맺음
幾伴 : 몇몇 친구

---

98) 종로구 중학동 한국일보사와 건너편 종로문화원 사이에 있던 고개, 옛날 고개 주위에 소나무가 울창하였으므로 송현이라 하였는데, 소공동의 송현을 남송현이라고 한데 비해, 이곳이 북쪽이므로 북송현이라고 하였다.
99) 가시나무로 만든 사립문이라는 뜻이나 여기서는 장안의 가옥 수를 말함
100) 촉나라 서쪽의 문으로 공협(邛峽)의 산 입구

감상

  1902년 게일 목사가 제작한 「서울지도」를 보면, 청계천을 사이에 두고 지금의 소공동 일대와 중학동, 수송동 일대가 송현으로 되어 있다. 이곳은 송림이 빽빽하게 우거져 있어서 솔고개松峴라 하였는데, 북쪽 성곽의 창의문 인근에서 발원한 청계천이 이 솔숲 사이로 맑게 흘렀다고 하니 시인이 본 130여 년 전의 모습이 지금은 상상이 가지 않는다. 송림 사이 냇가에서 잘 단장하고 빨래하는 한양의 아낙들 모습이 시인에겐 생경生硬하고 호기심이 가기도 했을 것이다. 시인은 친구들과 유람하면서 청산에 대고 무슨 말인가 하고는 싶었으나, 꾀꼬리 노랫소리가 시인을 앞장서고 말았다. 타고난 문장가가 삶을 노래했을 지언정 인생은 일장춘몽에 불과하다. 그에 비하면 반나절 동안 같이 유람했던 친구 인연이지만, 뜬구름 같은 인생에서 신선처럼 노닌 오늘이 얼마나 소중한가.

寺洞金台潁漁丈[101]別堂戲題
사동 금대의 영어장 별당에서 놀면서 짓다

苑花街柳有情枝　　후원의 꽃과 나무 가지마다 유정하여
伴蝶友鶯惜別離　　벌 나비 놀다 보니 헤어지기 아쉬워라
萬事公然今作老　　이제는 매사에 늙은 것 뚜렷해
十生難者更爲兒　　열 번을 산대도 다시 젊어지겠는가
望樓酒語淸風夕　　서늘한 저녁 망루에서 술상 대하니
對酒鄕心細雨時　　이슬비 내려 잔 들고 향수에 젖는다
嶺上歸雲湖上月　　고갯마루 구름 걷혀 호수에 달뜨고
思應吾夢夢君思　　그리워 꿈을 꾸면 그대 거기 있겠지

苑花街柳 : 정원에 있는 꽃과 나무
情枝 : 다정하게 팔 벌린 듯한 나뭇가지 모양
伴蝶友鶯 : 벌과 나비와 친구 삼아 놀다.
公然 : 공공연히 그러하다.
作老 : 늙다.
酒語 : 상대와 대화하듯 자신과 대작함
湖上月 : 호수에 비친 달
夢君思 : 꿈속에 있는 그대 생각

---

101) 영어는 김병국(金炳國, 1825~1905)의 호이고, 장(丈)은 높이는 말이다. 김병국은 본관은
　　안동(安東). 자는 경용(景用), 호는 영어이며, 우의정을 지냈다. 당시 안동김씨 세도정
　　치의 핵심 인물이었다.

🌱 감상

　사동寺洞은 현재의 종로구 관훈동·견지동·인사동 일대에 걸쳐 있
던 마을로, 탑골공원 자리에 큰 절인 원각사圓覺寺가 있던 데서 마을
이름이 유래되었다고 한다. 영어穎漁는 안동김씨 세도정치의 핵심 인
물이었던 김병국의 호다. 시인은 서울 김병국의 사랑채인 영어별당
穎漁別堂 후원을 구경하며 화려한 정원풍경에 매료되어 떠나기를 아쉬
워하고 있다. 나는 새도 떨어뜨린다는 세도가의 정원이니 아름답게
꾸몄을 테지만 아무리 세도가라 한들 열 번을 더 살 수도 없거니와
산다 한들 다시 젊어지겠는가. 세월 앞에 늙는 것은 누구에게나 예외
가 없는 것이다. 높은 다락에 앉아 술상을 대하고 있지만 달뜬 고향마
을 호수가 그립다. 영어별당인들 내 고향 산마루 위 뜬 달에다 비하겠
는가.

回百字牌 二首
백자패를 돌려주며 2수

1.

簾外靑山不厭看	발 밖의 청산이 볼수록 좋아서
篆煙102)茶歇漏方殘103)	화로에 차 끓이며 하루 해 보냈네
兒呼魯酒104)春容暖	봄 날씨 온화하니 아이 불러 술 내와
客誦離騷105)夜氣寒	밤공기 찰 때까지 벗 함께 이소경 읊고
嶲解琴心迎月久	학과 함께 영월루서 거문고 타다가
蝶隨鄕夢送花難	고향에는 나비 따라 꽃소식 못 보냈네
狂歌別有逍遙處	호방하게 노래하며 달리 노니는 곳
歸臥詩樓一枕安	시 짓던 누에서 돌아와 베개 높여 자야겠네

---

102) 전서체(篆書體)의 글씨처럼 꼬불꼬불한 모양으로 피어오르는 연기.
103) 누잔(漏殘)은 물시계[漏]의 물이 얼마 남지 않았다는 말로 일정한 시간이 지났다는
    말이다.
104) 거친 술, 탁주를 말한다. ≪장자(莊子)≫ 〈거협(胠篋)〉에 "노나라 술이 맛이 없는데
    조나라의 한단이 포위를 당하고, 성인이 탄생하자 큰 도적이 일어났다. 魯酒薄而邯鄲圍
    聖人生而大盜起." 하였다.
105) 전국 시대 초(楚)나라의 굴원(屈原)이 지은 부(賦)의 제목. 조정에서 쫓겨난 후의 시름과
    연군(戀君)의 정을 노래한 서정적인 장시(長詩)이다.

  발을 내려 따가운 봄 햇살을 가렸지만, 발 사이로 보이는 봄빛은 완연하다. 화로에 불을 피워 차를 끓여 마시면서 하루 다르게 퍼지는 푸른 산야를 보는 것은 어느 산수화를 완상하는 것보다 더 실감 나는 일이다. 출출하면 아이 불러서 술상 내오라 하고 친구와 수창(酬唱)을 하다 보면 어느새 앞 옷섶이 선선해지는 저녁이 된다. 봄은 어느 곳이나 찾아올 테지만 이곳 봄소식을 고향에 전하고 싶다는 것은, 봄을 좇아 고향에 가고 싶은 시인의 마음일 것이다. 나비 따라 고향에 갈 틈도 없이 나비는 이미 떠나 버렸다. 고향이 아니라도 몸 누인 이곳에서 이제 마음 편해지리라.

2.

快飮長安酒¹⁰⁶⁾	신선주 유쾌하게 마시고
餘思掛碧空	남은 기분 창공에 내걸었네
有花皆別樹	온갖 나무 꽃 피고
無日不淸風	날마다 산들바람 불어오네
山色人烟外	산은 밥 짓는 연기 너머에 숨고
鐘聲客夢中	종소리는 나그네 꿈속에 들리네
至今燕趙市	지금까지 연나라 조나라 저자에선
哭送幾英雄	얼마나 숱한 영웅 명멸했을까

餘思 : 즐기고 남은 기분
皆別樹 : 각각의 나무들 모두
人烟外 : 인가의 연기에 가려 있음
客夢中 : 나그네의 꿈속에 있다
市 : 형장刑場. 옛날에는 사람이 많은 저자에서 형을 집행했음

---

106) ① 중국 시안(西安)에 운택선옹(雲擇仙翁)이라는 신선이 봉황을 타고 하늘에 오른 자
리에 샘이 있어 봉서천(鳳栖泉)이라 하는데, 이 샘물을 가져다가 빚은 술의 향기가
너무 좋아서 수(隨)나라의 왕통(王通)이란 사람이 쓴 시에, "맑고 향기로운 술을 빚었
으니 이 술을 마시는 자 세상근심 다 지우고 구름 위에 누울 수 있다네. 醍醐淸醑
沃儲心田 憂慮齊息 臥雲高眠." 하였다. 이를 장안주(長安酒) 또는 서봉주(栖(西)鳳酒),
일명 신선주라고 하며 지금도 서안(西安)의 특산명주로 꼽힌다.
② 조선 후기 기인으로 알려진 김가기(金可基)가 쓴 시에, "마신 신선주에 크게 취해
호방하게 노래하며 집에 왔네. 봉래산에도 속물이 많아 세속에서 노닌다네. 大醉長安酒
狂歌日暮還 蓬壺多俗物 游戱且人間." 하였다. 『大東詩選』 卷6.

감상

　중국 장안 인근에 신선이 봉황을 타고 하늘에 오른 자리에 샘이
있는데, 이를 봉서천鳳栖泉이라 부르고 있다. 이 샘물로 빚은 술이 향기
가 좋아서 일명 '신선주'라고 하고 장안에서 만든 술이라고 '장안주'라
고도 한다. 굳이 신선주 아니라도 기분 좋게 마신 술이면 다 신선주같
은 맛일 테고, 신선주를 마셨으니 기분은 신선일 것이다. 술기운에라
도 신선이 되었다면 그것으로 족하다. 남아 있는 기분이 있으면 여한
없이 저 창공에 내 던진다. 속세 너머에 산이 있고 산중의 절에서 들려
오는 종소리는 '인생은 무상하다.' '꿈속의 꿈에서 깨어라.'하고 들려오
는 듯하다. 흥망성쇠의 역사 속에 얼마나 많은 영웅이 명멸했으며,
단사비결 외우며 무릉도원을 찾아 헤맨 속물들 얼마나 많았던가.

與嶺南愼正言洛社穩詩[107]
영남 신 정언과 온회에서 짓다

樓臺好處又淸風 　 누대 좋고 산들바람 부는 곳

半是湖南半嶺東 　 반은 호남이고 반은 영동이라

雨意雲歸三甬宿 　 세 봉우리 묵던 비구름 걷히고

人痕烽落[108]萬街通 　 병란 멎자 사람 자취 사방으로 통하네

詩將夜話相憐白 　 시 짓고 얘기꽃 피우니 날 새는 게 아쉽고

酒欲春容更借紅 　 술로 봄을 맞으려 술기운 또 빌리네

豈了吾生無盡債 　 언제쯤 내 살아 외상술값 다 갚을까

乾坤夢去夢來中 　 천지간의 꿈속에서 왔다가 갈 뿐인데

---

107) 낙사온시(洛社穩詩)의 낙사(洛社)는 송(宋) 나라 구양수(歐陽修), 매요신(梅堯臣) 등이
　　 낙양에서 조직한 시사(詩社), 또는 문언박(文彦博), 부필(富弼), 사마광(司馬光) 등이
　　 조직한 낙양기영회(洛陽耆英會)를 가리키며, 온시는 가까운 친구들끼리 조용히 모여
　　 즐기는 온회(穩會)에서 지은 시를 말한다.

108) 특히 철종13년(1862년) 삼남지방을 중심으로 발생한 '1862년 농민항쟁'을 시작으로
　　 고종6년(1869년) '광양난'에 이르기까지 크고 작은 병란이 지속되다가 1894년 동학난
　　 에까지 이어지게 되었다. 『신편한국사개관』 국사편찬위원회 간. 참조

三甬 : 세봉우리
烽落 : 병화가 끝남
萬街 : 사통 팔방으로 통하는 길
詩將 : 시를 짓다. (將 : 행하다.)
夜話 : 밤에 모여서 하는 가벼운 내용의 이야기들
相憐白 : 날이 새는 것을 서로 아쉬워하다
欲春容 : 봄을 맞음
借紅 : 술기운으로 얼굴이 붉어짐
無盡債 : 많은 술값

🍃 감상

　세상이 어지럽다. 봉화대에 오래 묵었던 전운이 걷히고 병란이 가라
앉자 사람들의 교류도 이어진다. 시 모임도 끊어졌다가 모처럼 모여
얘기꽃 피우다 보니 날 새는 것이 아쉬울 뿐이다. 시 모임에 술이 빠질
리 없고 술기운 빌려서 이 어지러운 세상을 잊고 싶은 것이다. 인생은
일장춘몽처럼 잠깐 머물다 가는 것이라고 했는데, 외상 술값이 두려워
꿈속에서 꾸는 꿈을 깨우겠는가.

歸家自敍
집에 돌아와 자서 하다

來何忙也去何忙	어찌 그리 바삐 왔다 바삐 가는고
花柳都非白髮慷	화류 늙는 것만 아픈 마음 아니었네
如夢樓臺歌舞地	가무 하며 노닐던 누대는 꿈과 같고
有情山水醉醒鄉	술 깨보니 마을은 산수만 유정하네
先生始覺紫桑109)枕	선생은 그제야 집에서 잘줄 알았고
丞相終歸綠野堂110)	정승은 마침내 녹야당에 돌아갔네
遍是桃源三百里	무릉도원 삼백리는 두루 있는데
幾年誤路覓漁郎111)	몇 년이나 길을 잃고 어부 찾았나

也 : 또, 그리고
花柳 : 꽃과 버들. 봄철과 가무를 즐기던 기생의 중의적 표현
歌舞地 : 가무를 즐기던 장소
遍是 : 여기저기 두루 펼쳐있음
誤路 : 길을 잃다

---

109) 도연명은 진(陳)나라 때 심양(尋陽)의 자상(紫桑) 사람으로, 도연명의 집을 말한다.

110) 당나라 때 명상(名相) 배도(裴度)가 벼슬에서 물러나 지은 별당 이름. 배도가 녹야당(綠野堂)을 짓고 은거 한데서 유래. 곧 은거를 뜻한다.

111) 원문 구절은 주자의 〈무이구곡가(武夷九曲歌)〉 가운데 "사공은 다시 한번 무릉도원 찾아보지만 이곳이 바로 인간 세상의 별천지로다. 漁郎更覓桃源路 除是人間別有天" 한데서 인용하였다.

❦ 감상

　이규보는 시 〈취가행醉歌行〉에서 "하늘이 내게 만약 술을 못 마시게 하려면 꽃과 버들 피지 않게 해야 하리. 화류가 꽃다울 때 마시지 못하면 봄은 나를 버릴지언정 나는 봄을 못 버리겠네…… 화류 보고 노래할 때 백세도 못사는 인생 허무하구나."라고 노래하였다. 지금 시인의 마음도 그러하다. 화류 만개한 때만이라도 취중에 신선이 되지 않는다면 짧은 인생이 허무하지 않은가. 도연명이 그랬고 배도裴度 승상이 그랬듯이, 무위자연에 묻혀 세상일 잊고 사는 이곳이 바로 무릉도원인데 왜 지금까지 보이지 않는 무릉도원만 찾았을까. 어부에게 물어서 답을 찾을 곳이 아니라는 것을 진작에 왜 알지 못했을까.

四月日登水北亭[112]次韻
사월 어느 날 수북정에 올라 차운하다

梧南過客下烟洲	오남 지나 연주쯤 내려가는데
蘭寺[113]如舟佛性浮	불성 깊은 고란사 배처럼 떠있다
商旅[114]歌花春夢去	구슬픈 낙화 노래 덧없이 떠나가고
英雄哭水暮雲流	영웅을 조곡하는 물소리에 저녁 구름 떠간다
千年石氣山猶古	바위절벽 기세도 천년 전 옛 그대로
四月江聲閣欲秋	사계절 물소리 들으며 세월을 품어온 누각
把酒休言亡國恨	술잔 잡고 망국의 한 말하지 마라
一生鷺亦茫茫愁	백로도 일생을 근심 속에 살았나니

---

112) 수북정(水北亭)은 부여팔경(扶餘八景)의 하나로 경치가 매우 아름다운 곳이다. 동에는 부소산(扶蘇山)과 나성(羅城)이 있고 정자 아래에는 백마강(白馬江)이 흐르고 있다.

113) 충청남도 부여, 부소산의 북쪽 낙화암 아래 백마강 변에 있는 절이다.

114) 상가(商歌)는 '비량(悲凉)한 가락의 노래'와 '지조있는 벼슬'이라는 중의적 의미로 썼다. 도연명의 시 〈신축세칠월부가환강릉야행도구(辛丑歲七月赴假還江陵夜行途中)〉에 "벼슬살이는 나와 상관없는 일, 장저와 걸익같이 농사지었으면 좋겠네. 商歌非吾事 依依在禍耕." 하였다. 『陶淵明集』 권3

梧南過客 : 오남을 지나는 저자 일행
歌花 : 꽃이 떨어짐을 노래함
春夢去 : 덧없이 떠나감
哭水 : 조곡 소리로 들리는 물소리
石氣 : 낙화암의 기세
四月 : 사계절
欲秋 : 세월과 함께하다
休言 : 말하지 마라. 休는 勿과 같다
茫茫愁 : 많은 근심

✎ 감상

   금강에서 돛배를 타고 수북정으로 가고 있는 작자 일행은 정안定安
의 오남梧南을 지나 남으로 내려오면서 부소산 아래 고란사가 보이는
모래강변을 지나고 있다. 여기쯤에서는 마주 보이는 고란사가 마치
배처럼 떠있는 듯 보이는 지점이다. 시인 일행은 배를 타고 오면서
강상江上에서 보이는 지점마다 마치 사진을 찍어 설명하듯 실경으로
그려내고 있다. 흐르는 강물을 내려다보며 천년의 흥망을 지켜봤을
수북정에 올라 숱한 영웅들이 낙화처럼 스러져 간 역사를 술회하면서
시인은 잠시 여유旅遊의 흥취는 내려놓는다. 유한한 인간의 삶과 의구
한 자연을 비교하면서 망국의 한과 인생의 덧없음을 슬퍼하고 있다.
흐르는 강물을 내려다보며 서 있는 수북정은 천년의 흥망을 다 지켜보
았으리라. 누가 여기 앉아 술잔 들고 망국의 한 따위를 말하랴. 백로조
차 한 생을 근심하거늘 하물며 까마귀에 있어서랴.

放乎中流
중류에 배 띄우고

暮泊烟洲舊國門	저물녘 황성옛터 나루에 배를 대니
一千年去落花痕	낙화암 슬픈 자취 천년 지난 자리네
聽潮知海來無際	쉼 없는 조수 소리 바다가 분명한데
與鷺同家着不根	근거 없이 백로와 같은 집에 사네
上下天空浮世客	하늘과 강 사이 떠 있는 속세 나그네
中央船坐降雲孫115)	강 가운데 배를 대니 신선이 내려왔네
漁翁余豈無心者	사공과 내가 어찌 무심하리오
滿載風流月一樽	술과 달빛 풍류를 배에 가득 실었다오

泊烟洲 : 강가에 정박하다.
國門 : 도성의 관문
上下天空 : 텅빈 하늘과 강
浮世客 : 세상을 떠돌며 사는 나그네 같은 신세
月一樽 : 달빛과 술동이

---

115) 선리운손(仙李雲孫)의 준말. 당나라는 옛날 노자의 후예로 姓이 李氏라고 하였다. 그
래서 신선이던 노자의 자손을 운손(雲孫)이라 함

☜ 감상

　수북정에 올랐던 시인 일행은 다시 강을 역류하여 북쪽으로 향하다
가 저물녘에 부소산 아래 구드래 나루에 배를 댔다. 구드래 나루는
부소산 아래 서남쪽 백사장에 접해 있는데, 중국이나 일본의 배가 드나
들던 백제 도성의 관문이었다고 전해진다. 그래서 시인은 이곳을 원문
에서 '구국문舊國門'이라고 하였다. '구드래'는 '구들돌'에서 나온 이름이
다. 삼국유사에는 구드래에 대한 유래를 전하는데, "백제 왕이 배를
타고 왕흥사에 예불을 드리러 갈 때 사비수백마강 언덕에 있는 십여
명이 오를 수 있는 작은 바위에 앉아 먼저 부처님을 향해 망배 하였다.
그러자 왕이 앉았던 바위가 저절로 따뜻해져서 이곳을 구들돌이라
부르게 되었다."라고 기록되어 있다. 이 구들돌이 다시 구드래로 변하
여 지명이 되었다고 한다. 이런 유서 깊은 강을 유람하면서 노를 젓는
사공이나 시인이 어찌 무심히 지날 수 있겠는가. 술 동이와 달빛을
가득 배에 실었으니 풍류는 절로 넘칠 것이다.

宿鏡湖
경호에서 묵다

烽臺燈落月初時	봉화대 불 꺼지고 달 막 떠오를 때
隨聽漁歌客路遲	뱃노래 들리자 가던 길 더뎌진다
海色登盤潮熟酒	해물안주 상에 놓고 술 익었으니
船心繫柱橈爲籬	배는 매어두고 노는 세워 놓았다
半京都會116)腥烟散	갯내음 흩어져 날리는 강릉 도회지
二水117)中分品産奇118)	두 물로 나누어져 물산도 진기하다
優湖119)一曲烟波景	물안개 피어나는 경호의 한 구비를
認是知章120)去後移	하지장이 옮겨 간 줄 뒤늦게 알았네

---

116) 반은 서울과 같은 도회지인 강릉을 일컬음. 허균이 쓴 시문집 『성소부부고(惺所覆瓿藁)』에 실린 「호서장서각기(湖墅藏書閣記)」에 "강릉(江陵)은 영해(嶺海)의 동녘에 있는 큰 도회지이다. 신라 때에는 북빈경(北濱京)이었으며, 동경(東京)이라고도 불렀다. 김주원(金周元)이 봉(封)을 받은 이래 꾸민 장식과 사치한 외관이 화려하고 뛰어나서 서울과 같았으며……어업과 쌀의 생산이 풍요로워 산천의 아름다움이 동방에서 으뜸일 뿐만이 아니다. 江陵 嶺海之東一大都會也 新羅時爲北濱京 又號東京 自周元受封以來 賁飾侈觀 袨麗傑特 與上京相埒……且饒魚稻之産 不獨山川之勝甲於東方而已."라고 하였다
117) 바다와 경포호로 나누어진 물
118) 특산 진미가 다양함(珍奇而繁多)을 말하며, 이를 기착(奇錯)이라 한다.
119) 강원도 강릉시에 있는 석호
120) 당나라의 유명한 시인이자 서예가 (659-744), 지금의 항주(杭州) 소산현(蕭山縣) 사람이다.

燈落 : 봉화불이 꺼지다. 병란이 그친 것을 중의적으로 썼다.
隨聽 : 들으면서 따라가다.
登盤 : 술상 위에 올려놓다.
熟酒 : 술이 익다.
繫柱 : 기둥에 고정하여 매어둠
腥烟散 : 바닷 비린내 퍼지다.
優湖 : 뛰어난 풍경의 경호
烟波景 : 안개처럼 잔잔하게 물결이 이는 풍경

🐚 감상

  수련의 첫 구는 '전쟁'과 '평화'라는 상반된 이미지를 함축적 시어로
대비시켰다. '봉화대에 불이 꺼지고 달이 막 떠오른다'고 함으로써 이
제 병란이 끝나고 화평한 일상이 시작되었음을 알린다. 태평한 뱃노래
소리까지 들리니 사람들은 노래에 귀 기울일 여유도 생겼다. 진기한
해산물 안주들이 상에 올려있고 술도 익었으니 배는 아예 포구에 매어
놓았다. 화려한 도회지에 갯마을 특유의 비릿한 바다 내음이 퍼지고
경포호엔 몽환적인 물안개가 피어오른다. 시인은 경포호수와 동해가
어우러지는 아름다운 경치를 중국 하지장賀知章의 고향 소흥紹興에 있
는 경호鏡湖에 빗대어 하지장을 소환하였다. 강릉 경호를 하지장이
중국 소흥으로 옮겨 갔다고 역설하면서, 하지장이 소흥으로 가져간
천하의 명승지 회계산 아래 경호는 졸지에 짝퉁이 되어버렸다.

宿鵲川趙丞旨書室
작천 조 승지 서실에서 묵다

幾上靑天平地回	몇 번을 날았다 앉았다 돌아오며
主人粧點鵲巢奇	제집 짓는 까치 솜씨 신기해라
漁傳世話桃源遼	어부가 전해 준 무릉도원 멀단 말에
龍臥¹²¹⁾春眠草閣遲	잠룡은 봄잠 자며 초당에서 기다리고
三峽¹²²⁾倒流聲緩急	작천은 굽어 흘러 물소리 완만하니
千峰圍立勢安危	천 봉에 둘러싸여 서실 형세 편안하네
村犬不吠衣冠客	시골 개 의관 갖춘 사람에겐 짖지도 않아
認是繁華大峽爲	번화하게 큰 마을인 줄 넌지시 알겠네

粧點 : 집을 짓고 꾸밈
世話 : 세상 사람들에게 하는 말
遲 : 때를 기다림
勢安危 : 형세가 편안하다
衣冠客 : 의관을 잘 갖춘 낯선 사람
大峽 : 大峽邑, 큰 마을
認是 : 시인 하다

---

121) 룡와(龍臥)는 와룡(臥龍)의 도치. 누워있는 용이라는 뜻으로, 지금은 초야에 묻혀 있으나 때를 만나면 큰일을 할 사람을 비유적으로 이르는 말. 잠룡(潛龍)과 통용.

122) 청양군 대치면 작천리에 있는 개울 이름인 작천(鵲川)을 중국의 삼협(三峽)에 비유하였다. 까치내 또는 작천이라 하는데 1914년 행정구역 폐합에 따라 개곡리 일부를 병합하여 작천리라 해서 대치면에 편입됨. 청양읍내를 통해 흐르는 작천은 칠갑산 아래 까치내 유원지에서 회수, 역류하여 부여 백마강으로 흐른다.

❧ 감상

작천鵲川은 시인의 향리인 청양군 대치면 작천리에 있는 개울 이름이다. 일명 '까치내'라고도 하는데 청양 읍내를 흘러 칠갑산 아래 까치내 유원지에서 회수, 역류하여 부여 백마강에 합류한다. 시인은 이 작은 내를 일러 중국의 '三峽'에 비유했으니 큰 과장이 아닐 수 없다. 그만큼 인문人文을 존숭하려는 지리의 확장개념이다. 서실은 비록 초당으로 지은 작은 집이지만 잠룡이 때를 기다리기에 좋을 지세에 자리했음도 알 수 있다. 칠갑산을 조산으로 하여 백리산, 금두산, 삼형제봉, 마재 등으로 둘러싸인 곳이니 '천봉千峰에 둘러싸여' 있다고 할만하고, 앞에 '작천이 굽어 흘러 완급을 조절'하며 흐르고 있으니 전형적인 배산임수背山臨水의 형세로 안정적이고 편안한 곳이기 때문이다. 풍수에서는 '산은 인물을 키우고 물은 재물을 창출한다.'고 얘기한다. 풍수의 핵심 화두를 모두 가졌으니 이곳을 '잠룡이 봄 잠을 자며 기다리는 집'으로 본 것도 그러하다. 마을이 커지고 서실에 학동들이 들락거리다 보니 의관衣冠을 갖춘 선비는 시골 개도 알아보고 짖지 않는다고 하였다. 그러고 보면 '서당 개 풍월'이라는 말이 괜한 말은 아닌 듯하다.

挽朴滄北
박 창북 만시

湖雲123)爲夢月無情　　꿈이런가 호운이여 무정한 달빛이여
朝野皆知去後名　　　떠난 뒤 그대 명성 조야가 다 아네
從此吾鄕因寂寞　　　이제는 우리 고을 누구를 의지하랴
靑山痛哭禹周榮　　　나는 청산에서 통곡하노라

朝野 : 조정과 재야, 경향 각지
因寂寞 : 문객들의 출입이 한산해짐

---

123) 박창북(朴滄北)의 자(字)로 추정

⚜ 감상

차라리 꿈이었으면 할 것이다. 망년지교 하였던 박창북의 죽음은 시인을 절망하게 한다. 시인에게 있어서 창북은 경향 각지의 벗들과 인맥들을 주선해주고 나이를 떠나 교류하며 시인이 늘 의지하던 벗이 아닌가. 사랑채에 모여 수창하던 벗이라고 하기에는 시인에게 너무 큰 존재였기에 그렇다. 창북은 세도가였던 안동 김문安東金門과 친척 관계를 유지하던 인연으로 조야에 많은 인맥을 가지고 중앙에서 벼슬 살이하던 향리의 벗이다. 시인이 청산에서 목놓아 울 만한 벗이다.

鴻南[124] 信宿
홍남에서 이틀을 묵으며

信宿君家路復重	그대 집에 거듭하여 이틀이나 묵네
猊前幽竹鶴前松	대숲 앞에 삽살개 솔 위에 학 한마리
太古山中占栗里[125]	먼 옛날 도연명은 율리에 살았는데
至今樹下見茅容[126]	지금 여기 나무 아래 모용도 만났네
勝僻看棋難退手	내기 바둑 하면서 한 수 물리기 어렵듯이
關心聽雨未歸蹤	빗소리에 마음 잡혀 돌아가지 못하였네
晩來添得相如病[127]	만년 되며 상여병 더해지니
醉或疎狂醒且慵	취하면 몰라도 깨어서는 맘에 없다네

---

124) 홍산(鴻山)의 남쪽. 홍산은 부여의 옛 지명이다. 그 모양이 나는 기러기처럼 생긴 비홍산 (飛鴻山)에서 지명이 유래하였다.

125) 옛날 도연명이 살던 마을 이름

126) 모용(茅容)은 동한(東漢)때 진류(陳留) 사람이다. 젊어서 행실을 삼가고 그 모친을 효도로 섬겼기 때문에 당시의 명사인 곽태(郭泰)의 사랑을 받고 그의 권고로 학업에 열중하여 덕망 높은 인물이 되었다. 『小學』「善行篇」

127) 다병상여(多病相如)에서 온 말로 한(漢) 나라 때 문장가 사마상여(司馬相如)는 소갈증을 앓았는데, 그의 전(傳)에 의하면 "장경(長卿)은 본디 벼슬하기를 싫어했다."고 하였는데 칭병하여 초야에 묻혀 산 것을 이른 말이다. 『漢書』권57 〈司馬相如傳〉. 또 권필(權韠)이 쓴 시 〈추일산재(秋日山齋)〉에 "낙엽위에 쓸쓸히 서리 내리고 상여는 병이 많아 빈당에 누워있네. 木葉簫簫正着霜 相如多病臥虛堂."라고 하였다.

信宿 : 이틀간을 묵다
路復重 : 길 떠나 거듭하다
幽竹 : 대숲
勝僻 : 강한 승부욕
關心 : 마음이 가로막다
歸蹤 : 온 곳으로 돌아가다
晩來 : 만년이 되다
疎狂 : 자유분방하여 제약을 받지 않다
慵 : 마음에 내키지 않다

⋙ 감상

  아마 홍남에 있는 친구 집도 율리에 사는 도연명이나 모용만큼 청한
淸寒했던 모양이다. 시인이 사는 집은 집값이래야 나무가지에 달이
걸린 오동나무 두 그루 값이라고 하였는데, 이 집은 학 한마리 앉은
소나무와 대나무 울을 두른 집이다. 속물처럼 집값을 비교해 보자면
도연명의 집이나 모용의 집, 홍남의 친구 집이 별반 다르지 않을 것
같다는 생각이다. 그런 집 마다하지 않고 시인은 이곳에서 이틀을 묵고
있다. 비가 와서 길을 막고 있다는 핑계를 앞세우고 있지만, 가난하나
모용茅容만큼 효자이며 덕망 있는 친구가 그냥 좋은 것이다. 늙어가면
서는 초야에 묻혀 세상일 상관하지 않고 욕심 없이 살고 있지만, 그런
친구가 함께해서 더욱 좋은 것이다. 취중이면 혹 실수일지 몰라도,
벼슬살이 따위는 꿈에서도 관심 없는 일이라고 못을 박고 있다.

送客
손님을 보내며

顏紅白髮坐長春	노소가 같이 앉아 늘 봄과 같더니
酒熟黃花露不塵	술 익자 국화 피고 이슬도 깨끗하네
夢冷江鄕鷗逆旅	찬 강마을 꿈속에 갈매기와 묵어가고
語淸琴屋鶴相親	청아하게 거문고 타며 학과 함께 어울렸네
痴聾爲性如無事	귀머거리 천성에도 아무 걱정 없듯이
榮辱關心覺有身	영욕에 관심은 몸에 있음을 깨달았네
楓落斜陽人已遠	낙엽 지는 석양 속에 사람 이미 멀어지고
雁聲九月向南賓	기러기 소리 함께 남쪽으로 가는 손님

顏紅 : 홍안의 젊은이
白髮 : 백발의 늙은이
長春 : 봄 내내
不塵 : 깨끗하다
夢冷 : 매정한 꿈을 꿈
江鄕 : 강마을
逆旅 : 여관, 묵다
語淸琴屋 : 시 짓고 거문고 타는 청아한 집
痴聾 : 귀머거리
斜陽 : 석양
九月 : 기러기 떠나는 가을

⌐ 감상

   벗과 이별하는 마음을 담담하게 담고 있다. 늙은이도 젊은 벗과 함
께할 때는 늘 봄처럼 화사하고 설렌다. 갈매기들이나 묵어가는 강마을
이고 학과 어울려 거문고나 타는 청빈한 집이지만 국화 피고 이슬
맺히는 백로 절기에 술까지 잘 익었다. 이런 호시절에 벗과 지내다가
오늘 벗은 떠난다고 한다. 귀먹은 듯 벙어리인 듯 살면 마음 편한 것을,
괜한 세상일에 참견하고 욕심을 내면 번뇌가 끊이질 않는다. 영욕이
란 자신이 마음먹기에 달린 까닭이다. 이해타산 없이 같이 있는 것만
으로 좋았던 벗은 벌써 기러기 소리와 함께 남녘으로 떠났다. 석양
속에 보이지 않을 만큼 멀어져 갔을 때 비로소 낙엽 지는 가을임을
느끼고 벗이 떠났음을 알게 되었다.

山村
산촌

戶庭散步送西暉	마당을 서성이다 석양 지고
野色天晴白鷺飛	들녘에 날 들면 백로가 난다
有我登樓秋亦可	누대 올라 있으매 가을풍취 좋더니
無君坐月夜還非	달빛 아래 그대 없이 이 무슨 밤이런가
處身非酒心常醉	술 없이 처신해도 마음은 늘 취해 있고
觀世如棋局[128]自迷	참으로 어지러운 바둑판 같은 세상
社鼓[129]備歌聽樂府	농악에 풍요가락 곁들이니
風流小峽此從稀	드물게 들어보는 작은 마을 풍류일세

戶庭 : 마당, 뜰
西暉 : 석양
夜色 : 어두운 밤
天晴 : 날이 갬
我登樓 : 혼자 누에 오름
夜還非 : 도리어 밤 같지 않다
局自迷 : 형국이 혼미함
樂府 : 풍요風謠
小峽 : 소협읍小峽邑, 작은 시골 마을
從稀 : 드물게 듣다

---

128) 두보의 시 〈추흥(秋興)〉八首中 其四에 "바둑판 형국 같은 장안 소식 듣자니 평생 겪은 일이 슬픔뿐이네. 聞道長安似奕棋 百年世事不勝悲."를 인용
129) 사(社)는 25戶의 마을 단위이다. 사고(社鼓)는 마을에서 동제를 지낼 때 쓰는 고악(鼓樂)이며 대표적인 것 중의 하나가 농악으로 발전하였다. 사일(社日)은 보통 입춘(立春)이나 입추(立秋) 뒤의 다섯 번째 무일(戊日)을 가리키지만, 사시(四時)에 제를 지내기도 한다.

⟶ 감상

산촌의 일과란 단순하기 그지없다. 마당을 서성이다 보면 하루해 지고, 날 들면 백로가 나는 것이 산촌에서 일어나는 하루의 일과다. 군더더기 없이 압축해 놓은 산촌의 일과가 마치 무소유를 업고 사는 산승山僧처럼 깔끔하다. 누대에 올라보니 어느새 가을이 만연해 있는데 밤이 되면서 달까지 떠올라 더없이 좋아야 할 가을 정취가 왠지 허전하기만 하다. 친구가 곁에 없고 술이 없기 때문이다. 술을 마시지 않아도 술을 마신 듯이 어지러운 세상 형국 때문이기도 하다. 이렇게 바둑판 형세처럼 어지러운 세상이지만 마을에선 동제를 지낸다. 농악을 울리고 속요를 부르고. 모처럼 보게 되는 드문 축제인 것이다.

自遣
스스로 위로하며

人人馬馬日成街	사람과 우마들 날로 왕래 많아져
庭畔繁華五代槐	번화해진 마당가 오래 된 느티나무
鵁樹餘枝巢野鵲	학이 들고 남은 가지 까치가 둥지 틀고
魚池分水産群蛙	어지에 물을 대니 개구리도 생겼네
黃花期爾明年約	내년에 국화 필 때 만날 것을 기약하니
白髮憐吾少日儕	소싯적 동무들 늙은 나를 가여워하네
寧欲簞瓢130)無事業	가난하게 살지언정 이대로 좋아
旨令老橘渡長淮131)	오래된 귤나무 회수를 건너라 명했네

人人馬馬 : 사람과 우마들
成街 : 빈번히 오가다
庭畔 : 마당 가
五代 : 150년 된, 오래된
鵁樹 : 학이 깃든 나무
野鵲 : 까치
魚池 : 집 앞에 못을 파서 잉어나 물고기를 기르는 곳
分水 : 못에 물을 대다.
産群蛙 : 개구리들이 생기다.
少日儕 : 어릴적 동무들
無事業 : 별다른 일을 벌리지 않고 이대로.
旨令 : 스스로에게 다짐함

---

130) 단사표음(簞食瓢飮)의 줄임말. 도시락에 담긴 밥과 표주박에 든 물이라는 뜻으로, 청빈하고 소박한 생활을 비유적으로 썼다.
131) 강남의 귤이 회수를 건너 북쪽으로 옮겨 심으면 탱자가 된다는 '남귤북지(南橘北枳)'의 고사를 인용하였다.

🐚 감상

　사람과 우마가 다니면 길이다. 많은 사람이 빈번하게 다니면 큰길이 되고, 적게 다니면 작은길이다. 마당가 느티나무에 오래도록 사이좋게 살아온 황새와 까치인데 사람 왕래가 빈번해져서 큰길이 되었다고 개의介意할 일이겠는가. 큰길이라서 땅값이 오르든지 작은길이라서 개발이 늦던지 모두 인간의 관심사일 뿐이다. 집 앞 어지魚池에 물고기를 키우려고 물을 대놨더니 개구리가 먼저 점령했다. 내가 노력한 결과에 다른 것이 먼저 득을 보는 것은 세상 살면서 흔한 일 아닌가. 내년 일을 약속하는 것은 희망에 대한 자기 확신이다. 지금 가난한 삶이 다소 군색한 불편함이 있기는 하지만 무욕한 삶에서 즐거움을 찾는다는 것은 늙었어도 늦지 않고, 젊은 희망을 품고 살게 한다. 강남의 귤이 회수를 건너면 탱자가 된다고 해도 시인은 강을 건너 탱자로 살기로 다짐하였다. 귤과 탱자는 맛과 모양이 다르기는 하지만, 귤의 본질은 귤일 테니까.

祭任友致卿壬午九月二十一日
친구 임치경 뇌문 임오년 9월 21일

嗚呼任公	아아 임공이여
永訣此去	영원히 이별하려 이렇게 떠나는가
白首有疾	벼슬도 없이 병이 들어
青山無語	청산조차 말이 없네
回憶平生	돌아보면 평생토록
同門同師	같은 스승 섬기는 동문이었지
情若一室	한 곳에서 우정 쌓고
齒差二碁	나이 차이 두 살이었네
自幼竹馬	죽마고우 어릴 적부터
至老笠車	늙어 꽃상여 탈 때까지
余抱病牀	내가 병들어 누웠을 때
公讀醫書	공은 의서를 읽어
霜曉雨夕	서리 내린 새벽이나 비 오는 저녁이나
來輒神方	번번이 신묘한 처방을 가져왔네
念公氣宇	그대의 기품 생각해보니
天賦剛腸	하늘이 부여한 굳센 심지 있었네
千里水路	아득했던 인생길
再泛風檣	거듭 배 띄워 풍랑 속에 노 저었네
業嗜酒性	술 좋아하는 천성이라
飲輒無量	마시면 그때마다 한이 없었지

嗟公心法	아아 공의 심법은
水落石出	이제야 진면목이 드러났고
嗟公志氣	아아 공의 지기는
竹露松雪	댓잎의 이슬이요 솔 위의 눈이라
自少聰明	어려부터 총명하여
可期延耋	오래 살 줄 알았더니
天理人事	천리와 인사 중에
難分者壽	헤아리기 어려운 것이 수명이라
有生有死	한번 왔다 가는 것은
人所固有	불변의 이치라네
以公稟賦	그대는 천부적인 재주를 가지셨고
況兼醫手	게다가 의술을 겸하여
活幾百人	수 백 명을 살렸어도
不救身命	자신은 구하지 못했으니
代謝132)之際	묵은 것 가고 새것이 올 제
年限自定	연한은 저절로 정해졌네
公寓鴻南	공은 홍산 남쪽에 살아
猶憂罕逢	자주 만나지 못해 아쉬웠지
萬里泉路	만 리 황천길
長烟一空	허공엔 긴 안개
落木斜陽	낙엽 지는 석양에
旌返故鄕	명정은 고향으로 돌아가네
黃花時節	국화 피는 시절이라

---

132) 생물체 안에서 일어나는 모든 물질의 변화를 통틀어 이르는 말

我懷益傷	내 마음 더욱 아파
過門不入	문 앞을 지나도 들어오지 못하니
痛結幽明	애통하게 유명을 달리 맺었네
路陳薄奠	길에서 올리는 소박한 술 한잔
故人酒情	그대와 마시던 우정이네
魂兮魄兮	혼이여 백이여
倘有知靈	혹시라도 영험이 있다면
獨來¹³³⁾宇宙	천지사방 드나들게나
痛哭周榮¹³⁴⁾	나는 통곡하노라

永訣 : 이승과의 영원한 결별, 죽음
回憶 : 기억을 돌아봄
二朞 : 두 돌, 2년
剛腸 : 강한 기질
業嗜 : 일삼을 만큼 좋아하다.
延耋 : 늙음을 연장하다. 오래 살다
鴻南 : 홍산鴻山의 남쪽. 홍산은 부여의 옛 지명이다
罕逢 : 드물게 만남
旌 : 만장 행렬
倘 : 만약 ~이라면

白首 : 무관無冠으로 벼슬이 없음
同門同師 : 한 스승 문하에서 공부함
氣宇 : 기개와 도량
風檣 : 풍랑 속을 노 저어 가다
石出 : 바닥에 잠겼던 돌이 드러남
稟賦 : 선천적으로 타고남
一空 : 텅 비어 아무것도 없는 상태. 허공
路陳 : 상여가 지나는 길목에 차려놓은 술상
知靈 : 영혼이 있어서 알아보다

---

133) 원전의 글씨가 판독 불가하여 필세를 추측하고 문리에 따라 역자가 첨입하였다. 독래(獨來)는 독왕독래(獨往獨來)의 준말로 '홀로 갔다가 홀로 돌아온다'는 뜻으로, 《장자(莊子)·외편(外篇)》 제11 〈재유편(在宥篇)〉 5장에 나온다. "모든 사물에 구애(拘礙)받지 않음을 터득했다면, 그러한 사람은 천지사방을 드나들고 온 세상을 노닐면서 홀로 갔다가 홀로 오며 이러한 경지(境地)를 홀로 있음이라 한다. 出入六合 遊乎九州 獨往獨來 是謂獨有 獨有之人."라는 내용에서 유래(由來)하였다.
134) 원전의 글씨가 판독 불가하여 필세를 추측하고 문리에 따라 역자가 첨입하였다.

⚜ 감상

시인이 환갑이던 해 가을에, 먼저 죽은 벗 임치경의 행적을 돌아보며 영전에 올려 애도하는 제문형식의 뇌문誄文이다. 동문수학하며 평생을 같이 지내던 죽마고우를 잃은 심경과 소회가 곡진하게 나타나 있다. 고려말 이색의 만시 중에도 죽마고우의 죽음을 애도하는 만시가 있는데 이와 비교해 보는 것도 시인의 애통함을 좀 더 이해하는데 가깝지 않을까 한다.

구름 같은 인생 누군들 죽지 않으랴만
내 오늘 유달리 마음 아픈 것은
공적으론 하늘 같은 대도를 이뤘고
사적으론 강처럼 긴 우정 지녔기 때문이네

가을 산 암담하게 가로 비껴 서 있고
새벽 비 처연하게 마지막 길 전송하네
어찌 내 귀로 상여소리 들으리오
명정도 펄럭이며 바쁜 듯 빨리 가네

죽음은 슬픈 일이다. 그러나 그 슬픔을 아름답게 승화시키는 것이 만시의 매력이다.

『梧南稿』 해제

김운기

1. 序論

본 해제는 구한말 충청남도 청양지역에 거주하던 지방 문인인 梧南 禹周榮(1822~1890)이 남긴 시집 『梧南稿』을 분석하고 그의 가계와 생애를 소개하는 것이다. 이『梧南稿』[1]는 지금까지 학계에 소개되었거나 전문적인 연구는 없었다. 그러나 이 시집은 우주영이라는 한 문인의 시 세계를 고찰해 보고 그의 독특한 家系와 흥망이 극명했던 삶, 더 나아가 조선 후기 특히 19세기 지방 詩壇의 한 면을 연구하는데 중요한 자료의 하나다. 그간 학계에서는 중앙의 명성있는 문인이나 정치적 영향력이 컸던 인물과 그들과 관련된 문학작품에 연구가 편중되었던 것이 사실이다. 그러므로 지방 문학과 지방에 閑居 해온 지방 문인에 대한 관심과 연구의 활성화가 필요한 시점에서 본 오남고를 학계에 소개하는 것만으로도 의의가 있다고 본다.

우주영은 지방에 世居해 온 사대부로서 先代에서 이룬 막대한 富를 바탕으로 유복한 환경에서 독서와 詩作에 전념할 수 있었다. 그러나 그는 이러한 富를 개인이나 가문의 영달에 한정하지 않고 노블레스 오블리주를 실천하며 모범적인 삶을 살아 주위로부터 많은 추앙을 받았던 사람이다. 그가 자손들에게 分財하면서 남긴 分財記 서문[2]에는 가문의 창달 과정이 비교적 소상하게 기록되어 있다.

그 기록에 의하면, 우주영의 선친 우사원(1779~1857)은 마흔살이 넘어 재산을 불리기 시작하여 불과 30여 년 만에 천 석꾼의 부자가

---

1) 한국정신문화연구원에 마이크로필름(MF35-9411.)으로 소장되어 있다.
2) 우주영이 52세이던 1874년(高宗 11)에 청양 단양 우씨가에서 그와 그의 자손들이 분재기를 작성하고 그 분재기의 끝에 붙인 財主의 서문이다.

되었다는 것과 우사원이 죽기 2년 전인 76세에 식년 진사시에 入格하는 놀라운 기적이 일어났음을 적고 있다.

우주영 자신도 비록 벼슬길에 나가지는 않았으나 평생 게으르지 않았던 독서와 詩作의 결과물로『梧南稿』를 남겼다. 그러나 이러한 성과물은 당시에 문집이나 시집으로 출간되지 못하고 稿本상태로 家藏되어 왔다. 本考의 텍스트인『梧南稿』로 말미암아 이제 우주영은 시인으로서의 면모를 보다 구체적으로 확인할 수 있게 되었다. 아울러『梧南稿』가 비록 개인 시집이기는 하나 이를 통하여 구한말시기 地方世族들 사이에서도 이어져 온 한시 문학의 전통과 경향을 살펴 볼 수가 있다. 또한 평생을 慈善的 삶을 실천한 의인이면서도 그동안 사람들의 관심밖에 머물러 있던 우주영을 보다 더 심도 있게 연구할 수 있는 기초가 될 것으로 본다.

지금까지 여타 우주영의 家系와 관련한 선행연구는 2편의 논문이 있다. 하나는 우주영이 자손들에게 재산을 분배하면서 구술하여 기록한「五子分財券後序」를 고찰한 논문3)과 단양우씨 문중에 家傳해 오는 한글본『우주영전』에 대한 논문4)이 있는 정도이다.

본 해제는『梧南稿』의 내용과 5편의 서문을 중심으로 분석하고 이를 바탕으로 우주영의 生涯와 家系,『梧南稿』에 나타난 우주영의 문학적 형상과 의의를 밝혔다.

---

3) 문숙자(2002).
4) 우쾌재(2004).

2. 우주영의 家系와 生涯

(1) 우주영 父子

시인 우주영(1822~1890)은 본관이 丹陽으로 禹玄(始祖: 鄕貢進士, 正
朝戶長)의 26世孫이며 禹倬(中始祖: 成均館祭酒, 進賢館 直提學)의 8世
孫[5]이다. 世居地는 충청남도 청양군 목면 오산리[6]이며 조선말 재야
문인으로 字는 稚和, 號는 梧南이다. 우주영과 그의 선친 우사원에 관한
기록과 알려진 바는 소략하나 위에 게재한 「五子分財券後序」와 『우주영
전』, 『梧南稿』의 각 〈序文〉 등에서 우주영과 그의 가계를 살펴볼 수
있다. 이러한 자료들을 중심으로 가계도를 정리해 보면 아래 〈표 1〉과
같다.

〈표 1〉[7]

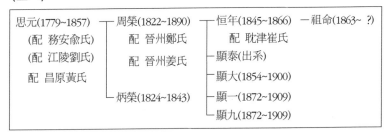

이 표에서 볼 수 있듯이 우주영은 선친의 나이 43세에 어머니 昌原黃
氏와의 사이에 태어났다. 매우 늦은 선친의 나이에 출생하게 된 것은
선친의 初娶인 務安兪氏와 두 번째 江陵劉氏가 죽고 세 번째 부인인

---

5) 『丹陽禹氏禮安君派譜』, 丹陽禹氏禮安君派 族譜編修委員會, 起昌族譜社, 2004, 참조
6) 현재 충청남도 청양군 목면 화양리로 행정구역이 변경되었다.
7) 박종순(2019); 문숙자(2002). 참조

창원황씨와의 사이에 태어났기 때문이다. 선친 우사원은 세 번째 부인 창원황씨를 맞아들여 周榮과 炳榮 등 2남 1녀를 두었으며 이때부터 가세가 확장되고 말년에 식년 진사시에 입격[8]하는 등 지역의 유력 가문으로 자리잡기 시작하였다. 우주영이 평생 독서와 詩業에 몰두할 수 있었던 바탕에는 이러한 선친의 후광으로 넉넉하고 유복한 家勢 덕택이었다고 볼 수 있다. 우주영이 甲戌年[9] 8월 15일에 자손들 앞에서 구술하여 작성한 〈분재기〉의 서문에서 그러한 가세의 정도를 확인할 수 있다.

> 부군께서 나이 40이 지나면서 家人을 위하여 비로소 일에 몰두하기 시작하셨고…… 이렇게 하기를 30년만에 한 해 가을에 수확하는 곡식이 천여 석에 이르렀으니 칭하기를 '묵은 것이 쌓이고 쌓이다 보니 은연중에 한 고을의 갑부가 되었다'고 하였다.[10]

그러한 가세를 상속받은 우주영과 선친 우사원에 관하여 전해지는 일화[11]에 의하면, 우주영 父子는 노블레스 오블리주를 적극 실천하며 의인적 삶을 살았음을 전하고 있다.

> 그는 생전에 남의 땅을 밟고 다니지 않겠다고 했을 정도였으며, 家人들이나 일꾼들이 벼 논에 새를 쫓으면 '어디를 가도 내 논에서 먹을 것이니 쫓을 필요 없다' 하면서 새를 쫓지 말

---

8) 1855년(철종6년) 式年 進士試에 3等 62人으로 입격한 것.
9) 1874년(고종 11), 우주영의 나이 52세.
10) 한국학중앙연구원, 「五子分財券後序」, MF35-009412. "府君年過四十 始爲家人作業…… 如是者三十年 一秋收穀近千有錢 稱是因陳相積隱然 爲一鄕之甲."
11) 우쾌재(2004)

라고 했다는 것이다. 그리고 乙丑年 凶年이 들어 온 지역에 양
식이 없어 굶어 죽는 사람이 續出하고 浮黃이 나서 생업에 나
가지 못하는 사람이 줄을 이었을 때는 곡식 창고의 문을 열고
救恤米를 풀어 가난을 구제하니 구휼미를 받기 위해 모여든
사람들이 매일 십 리 넘게 줄을 섰다고 한다. 이렇게 우주
영 부자간의 이야기는 지방 土豪로서의 부를 누리면서 많은
德을 쌓았다는 데서 출발하고 보니 그의 생애와 업적에 대한
稱頌은 지역유지들에게서 그침 없이 일어나 조선 후기의 사회
적 분위기로 보아 일반인들을 위해 한글로 傳을 지어 후세에
남긴 것이라고 생각된다.[12]

　　같은 〈분재기〉의 서문에서 우주영이 선친 우사원에 관해 구술한
내용에는, "錦營의 覆試는 세간에서 이른바 淸榜이라 하며 閥閱의 자
제들도 모름지기 경쟁하는 시험이다. 府君께서는 甲寅年에 製述 시험
에 합격하고, 乙卯年에는 거푸 司馬에 합격하여 高年으로 인해 加資하
는 특은을 입었으니 실로 가문의 영광이었다. 그러나 先妣의 終祥을
겨우 마친 때라 친히 誥命을 받지 못하였으니 불초한 유감이 이에
더욱 심하다. 게다가 丁巳年 여름에 부군께서 자식들을 남기고 돌아
가셨으니 부모를 오래도록 봉양하지 못하는 한스러움이 천지간에
망극할 따름이다."[13]라고 기술하였다. 우주영의 선친 禹思元은 비록
高齡으로 벼슬자리에 나가지는 못했으나 나이 76세인 1855년(을묘
년)에 식년 진사시에 합격하였고 2년 후인 1857년(정사년)에 78세의

12) 우쾌제(2004), 81쪽 참조.
13) 각주 10)과 같은 자료. "錦營覆試 世所稱淸榜閥閱子弟 所必爭者也 府君以甲寅製述榜
中 乙卯司馬又以榜中 高年特恩加資 實爲門欄之榮 而先妣之終祥纔畢 未及親承誥命 不
肖之遺憾 於是益深 而丁巳夏府君又棄遺孤 風樹之痛 天地罔極"

나이로 죽었다. 우주영은 선친이 늦은 나이에도 불구하고 식년시에 入格했던 사실에 대하여 존경과 자부심을 가지고 있었으며 自手하여 이룬 천석이 넘는 재산을 물려준 것에 대하여 늘 감사하는 마음을 잊지 않았다. 그러한 마음을 생전에는 지극한 효성으로 갚았고, 사후에는 선친의 유지를 잊지 않고자 노력하였는데 선친에 대한 그의 마음가짐을 알 수 있다.

부친의 사망 당시 우주영의 나이는 35세였는데 이때부터 우주영에 대한 개인적인 기록들이 보인다. 위의 내용에서도 알 수 있듯이 우주영은 자신에게 주어진 풍족한 처지에 안주하지 않았다. 이때부터 우주영은 선친의 유지를 받들어 사는 것이 자신의 역할이라고 마음먹고 자선적인 삶을 살기 시작했던 것으로 보인다. 그 시작의 단초가 〈분재기〉의 다른 한 대목에 보인다.

> 孝悌는 우리 집안이 대대로 전해 오는 家寶이다. 비록 천하의 부자라 한들 어찌 一家의 보물과 바꾸겠는가. 먹을 때마다 부군께서 애쓰고 부지런히 일했던 것을 생각하면 一簞食 一瓢飮도 성찬보다 달 것이며 의복을 보고 先妣의 가난했던 시절을 생각하면 떨어진 옷과 헌 솜을 넣어 누빈 옷도 玉 장식을 한 것보다 화려할 것이다. 늙은 아비는 府君과 先妣의 마음으로 마음을 삼을 것이니……14)

---

14) 각주 10)과 같은 자료. "孝悌也者 吾家世傳之靑氈也 雖以天下之富 寧換一家之寶乎 當 殤而思府君之勤苦 則簞食瓢飮甘於列鼎 見衣而思先妣之艱難 則弊衣縕袍華於珮玉 老 夫以府君先妣之心爲心."

(2) 우주영에 대한 평가

『우주영전』에는 주인공으로 전해오는 우주영을 '慈善과 孝誠의 화신'으로 묘사하였으며, 오남고의 〈서문〉 다섯 편에 있는 다른 기록에도 그에 대한 평은 크게 다르지 않다. 우주영은 자신이 실천하는 慈善도 선친에 대한 효의 한 방편이며 선친의 유지를 받드는 것이라고 여겼음을 알 수 있다. 다음은 『우주영전』과 甲戌(1874년) 孟冬 上浣에 윤자황이 쓴 〈梧南序〉의 각기 한 대목이다.

> 우주영의 富는 진사의 것이니 중년에 治家 함에 전곡 간 取貸한 사람을 다 문서에 적었더니 진사 죽은 후 우주영이 문서에 있는 사람을 다 불러 왈 내 이 문서를 가지고 그대와 상관하면 반드시 우리 선인에게 좋지 못한 말이 미칠 것이니 인자의 차마 못 할 일이라 하고 문서를 다 소화하고 빚을 다 탕감하니 듣는 사람 뉘 아니 열복 하리오.15)

> 재물을 나누어 굶주린 이를 도와주는 것에 대수롭지 않게 여기고 궁핍한 사람이 있으면 알아서 시급히 救恤하였다. 신분에 상관없이, 멀거나 가까운 곳이거나 명성이 매우 높았다. 아, 가난하면서도 뜻을 펴는 사람은 있었으나 부자면서 덕을 좋아하는 사람은 옛날에도 거의 드물었으니, 이는 善人이 아니라면 가능한 일이겠는가! 이같이 義에 맞게 행동하여 재물을 쓰는 일에 매우 활달하였다. 家力이 전보다 줄었으나 그 탕감된 것은 仁과 義에 맞게 쓰여서 단지 재물을 늘리는 것과는 달랐다.16)

---

15) 우쾌재(2004), 88쪽 참조
16) 윤자황, 〈오남서〉 1874(갑술)년. "散財賙給 雖鄕里迂然 相知恤其窮 而救其急 無間於

위와 같은 기록들로 볼 때, 이러한 선행의 바탕에는 선대에 이룬 많은 재산이 자신의 것이 아니고 선친이 蓄財한 것이므로 사회에 자선하는 것이 선친의 명예를 위하여 마땅한 일이라는 판단에서일 것이다. 결국, 대부분 재산이 우주영代에 손실된 가장 큰 이유 중 하나라고 볼 수 있다. 우주영의 삶이 勤學과 好文으로 일관하였고 전원에 閑居하며 無欲 樂道 하였을 뿐 달리 가산을 탕진할만한 기록이 어디에도 나타나지 않는 것이 이를 뒷받침하고 있다. 우주영은 지역에서 큰 명망을 얻었고 인근 고을의 유생들이 중심되어 여러차례 조정에 그의 공로를 稟申했다는 기록이다.

> 경오년(1870년)의 선비들이 착한 사람이 헛되이 늙는 것을 절통히 생각 향교의 발통하고 본관이 유장 정하였더니…… 정축년(1877년)의 열세 골 유생 수백 명이 일어나 세 번 영문을 정하여도 종래 천명 포양하는 일 없는지라. 유생들이 더욱 개탄이 여겨 무인년(1878년)의 열여덟 골 유생이 또 일어나 어사의 게장하고 장차 예조를 정하자 하고 또 근읍 소민들이 또한 억울이 여겨 어사를 정하여.17)

우주영은 16세이던 1838년(헌종5년), 蔭職으로 童蒙教官에 임명되고 65세이던 1886년(고종23년)에 역시 同知敦寧府事18)에 제수되었다. 그러나 이듬해 바로 체임19)된 것으로 보아 蔭敍로 官爵은 있었으

上下 頗得遠近聲譽 噫 貧而樂志者 猶可歷數而 富而好德者 古亦幾希 此非善人而能然乎 若是而惟義是行 用度殆闊 家力比前蕩損 其所蕩損者 于有光於棄仁遺義 而徒殖貨利也."

17) 우쾌재(2004), 89쪽 참조
18) 〈일성록〉 1886년 6월 28일자 기록.
19) 앞 17) 1887년 6월 27일자 기록.

나 실제로 벼슬길에는 나간 적이 없고 이를 안타깝게 여긴 인근 고을 유생들이 자발적으로 조정에 품신했던 것으로 보인다.

　평생을 유유자적하며 풍족했던 가산을 바탕으로 주위 사람들에게 베풀고 충효를 실천하며 시문을 즐겼던 우주영은 자손들에게 分財를 하고 家計 一線에서 물러나며 이렇게 구술하고 있다. "늙은 내가 정신이 온전하고 귀먹지만 않는다면 나막신에 지팡이 짚고 날마다 다섯 자식의 집을 지나가다 나물밥에 푸성귀 국이라도 주면 먹으면서 시와 문장을 평하고 설할 것이니 어찌 노래하며 거문고 타는 즐거움을 양보하겠는가."[20] 라고 한 것을 보면, 우주영은 안빈낙도하며 시 읊고 거문고 타기를 좋아한 성품이었음을 볼 수 있다. 조선 후기 난세에 出하지 않고 이웃을 구휼하는 뜻을 지키면서 隱逸에 머물렀던 전형적인 處士였음을 알 수 있다.

3. 『梧南稿』의 구성과 문헌 분석

(1) 『梧南稿』의 구성

　『오남고』는 우주영의 친필로 추정되는 筆寫本이다. 글씨는 行·草書를 혼합하였으나 誤字와 校訂字도 있는 것으로 보아 草稿本으로 판단된다. 책의 크기는 가로 180mm 세로 220mm이며 한 면에 12행으로 필사하였으나 行當 字數는 정형화되어 있지 않다. 이 논문은 한국학중앙연구원에 소장된 복사본을 저본으로 삼았는데 이는 丹陽禹氏家의 所藏本과

---

20)　각주 10)과 같은 자료. "老夫不痴不聾 藜杖木屐 日過五子之門 蔬食菜羹 逢着則喫 評詩說文 豈讓於歌瑟之懊哉."

동일한 것이다. 본문은 25면으로 49題 63首가 수록되어 있으며 수록된 내용은 다음과 같다.

〈표 2〉

區　分	首	題　目
歌　體	1	祭任友致卿
五言絶句	2	自揆悶(二絶)
五言律詩	2	入闈翌日會于典洞李承旨家, 回百字牌
七言絶句	2	輓林生員, 挽朴滄北
七言律詩	56	勸兒曹讀書, 與張進士和秋七旣望夜, 與朴禮山滄北李友薇史共和, 次薇史伊字, 得餘字, 再疊餘字, 詠雪, 箕山盖有 牟先生云 業有識荆之願 而南北落落 天以雨送之 滯留一旬, 贈汪湖趙雅春府晬, 卽事, 自敍, 和少年遊山韻(二首), 滄北見訪, 美堂詩社郷飮原韻, 回婚原韻, 得庚字咏梅, 再疊庚字 (二首), 牧丹, 卽事, 挽林學淵, 輓李友, 有悟, 自遣, 贈李友, 與鄭友石圃謾唫(五首), 贈龍山老樵, 次玉峴任雅俊汝大庭晬原, 謾吟, 閑居, 與朴禮山滄北趙友夢洲同和(五首), 次東幕金君壽韻, 入闈翌日會于典洞李承旨家(三首), 與洛中諸益暇日遊於北松峴, 寺洞金台穎漁丈別堂戲題, 回百字牌(二首), 與嶺南愼正言洛社穩詩, 歸家自敍, 四月日登水北亭次韻, 放乎中流, 宿鏡湖, 宿鵲川趙丞旨書室, 鴻南信宿, 送客, 山村, 自遣,

한편, 『梧南稿』와 함께 여러 사람이 쓴 각기 다른 서문이 본 책에 편철되지 않고 별도로 家藏되어 있다가 현재 한중연에 소장되어 있음을 발견[21]하였다. 서문을 쓴 사람들의 면면과 내용이 다양하고 각기

---

21) 논자가 자료 열람 중 위 8) 자료 가운데 별도로 각기 다른 사람이 쓴 오남고 서문

쓴 날짜가 명시되어 있어서 오남고를 알 수 있는 중요한 자료들이다. 자료 현황은 아래 표와 같다.

〈표 3〉

번호	제 목	작 성 자	시 기	우주영과의 관계
1	謹呈梧南書	洪鐘林	甲戌之小春	唐城后人
2	梧南序	尹滋晃	甲戌孟冬之上浣	居 坡平
3	上禹梧南序	鄭海元	甲戌仲冬 上浣	우주영 姪婦
4	上禹梧南	古秋 田定顯	乙亥孟春下澣	秋城後人
5	呈梧南序	金時中	乙亥二月甲午	金海 人

위 序文 가운데 乙亥年 二月 甲午日에 金時中이 쓴 〈呈梧南序〉에 보면 자신뿐 아니라 많은 사람이 우주영의 德望을 讚하여 『梧南稿』에 서문을 썼다고 하였다.

> 옛날 董仲舒를 위해 '嗟哉'의 行歌를 지은 이는 韓文公 한 명 뿐이었는데, 지금 梧南에 대한 '惜哉'의 정을 담은 서문을 써 준 이는 모두 몇 명의 선비일까? 그런데도 위로는 조정에 알려지지 않았고 아래로는 향당의 薦擧가 없었으니, 안타깝도다. 다시 찬탄하여 노래하니, 그대는 가르침을 잘 받았고 才氣 또한 빼어나 九族이 모두 화목하게 장씨의 구족, 진씨의 백족으로 모여사니 그를 기다려 먹고 사는 사람이 몇 명이겠는고. 곧은 저 송죽 같음이여. 군자다운 그 지조여. 저 오산을 바라보니 기린과 봉황처럼 문채 나누나. 현명하여라, 이 사람이여. 그 百代를 번창하리로다. 저 사람은 아름다운 소문이 보는 것

5편이 존재하고 있음을 이번에 발견하게 되었다.

과 다름없으니, 그렇다면 곧 내가 들어서 아는 상황이 또한 보고 아는 상황과 무엇이 다르겠는가. 맑고 문아한 벗이 있어 소매에서 하나의 글을 꺼내 보여주니 곧 우주영 문집의 서문 이었다. 나도 감흥이 일어 과거에 들은 것을 모아서 쓰니, 여러 서문에 만분의 일 이나마 논함이 있기를 바랄 뿐이다.[22]

또 分財와 관련한 『梧南稿』 서문에서는 甲戌年 小春에 洪鐘林이 쓴 〈謹呈梧南書〉에 著述의 心德과 分財가 모두 隱微하고 깊은 뜻을 내포 하고 있다며 그것은 비단 當代 우주영의 덕뿐만 아니라 멀리 易東先 生에게 까지 연원이 있음을 말하고 있다.

대체로 일반가정에서 자손에게 재산을 나누는 것은 일상적인 일이나 梧南은 다섯 아들에게 글로 경계하였으니 그 뜻은 재물에 있지 않고 자손의 뒷날에 있던 것이다. 예전에 범 문정공, 주부자, 마씨, 안씨의 가훈이 있었지만 세대가 멀어지고 사람들의 의식에서 떨어진 뒤부터는 듣지 못했던 것을 비로소 梧南에게서 보았다. 著述에 담긴 心德과 財利를 분배하는 것에 隱微하고 깊은 뜻이 있었으니, 별도의 機軸이라고 말할 만한 것이었다. 모두 같은 의론이니, 어찌 굳세고 아름답지 아니한가! 梧南은 누구인가? 易東先生의 후손인 梧山 禹周榮이로다.[23]

---

22) 金時中, 〈呈梧南序〉, 1875(乙亥年). "古之董生 嗟哉之行 惟一韓文公 而今之梧南 惜哉 之序 凡幾士人乎 然而 上無朝聞 下無鄉薦 嗟乎 惜哉 復讚而歌之曰 吾子受訓 才亦其俊 九族咸睦 張九陳百 待而擧火 亦幾人 貞彼松竹 君子其操 瞻彼梧山 獜鳳其彩 賢哉斯人 昌其百世 夫斯人也 令聞 無異見之 則卽我聞知之狀 不亦愈於見知之狀乎 有淸雅友人 袖示一書 卽禹生周榮序也 余亦有感 因輯舊聞而書之 庶幾有論於諸序之萬一云爾."
23) 洪鐘林, 〈謹呈梧南序〉, 甲戌小春. "大凡人家分財有子孫者 之常事 至於梧南五子戒書 其意 不財而在於子孫之後 百年也 古有范文正公 朱夫子 馬氏 顔氏之家訓 而世遠人降

한편 甲戌年 仲冬 上浣에 우주영의 姪婦인 鄭海元이 쓴 다른 서문인 〈上禹梧南序〉에는, "禹君의 이름은 某이며 字는 某이다. 노년에 이르러 주역 한 권과, 술 한 병, 바둑판 하나, 비파 하나, 거문고 하나, 이 다섯 가지를 만나서 스스로 號를 梧南이라고 하였다."[24] 라는 내용이 있다. 지금까지 우주영의 號인 '梧南'은 자신이 살던 충남 청양의 梧山里에서 유래한 것으로 알았으나 이 서문에는 다섯가지 嗜好品에서 가져왔다고 기술하고 있다. 그의 시 「與鄭友石圃謾唫 二首」의 首聯에 "금강 서쪽 산자락 양지뜸 우리집"[25]이라는 내용처럼 우주영의 본가는 금강 서쪽인 定安面 梧山里 남쪽이다. 그러므로 우주영이 號로 사용한 '梧南'은 향리의 지명인 梧山里에서 유래하였고, 이와 더불어 嗜好品에서 유래한 '五覽'과 同音으로 불린 것이 아닌가 짐작된다.

(2) 制作 時期와 미간행 사유

『梧南稿』는 序와 跋이 없고 본문만 있을 뿐 저자를 알 수 있는 직접적인 글이 없으므로 詩集의 특성상 저자를 특정하기 어려운 데다가 별도의 간기가 없어 정확한 제작 시기를 알 수는 없다. 그러나 이번에 별도로 보관되어 오다 발견된 각각의 서문 내용과 그 記錄된 간기로 보아 『梧南稿』의 제작 시기와 작자의 면면을 유추해 볼 수 있게 되었다. 그중에 가장 먼저 서문을 쓴 洪鐘林의 〈謹呈梧南 書〉에 기록된 甲戌(1874년) 小春(음력 10월)이 초고를 완성한 즈음이었을 것으로 판단된다. 이 시기

挽邊以來 所未聞也 始於梧南見之 著述 心德 分釋財利 微旨深意 可謂別機軸也 同一論也 豈不猗歟美哉 梧南爲誰 易東先生後裔 梧山禹周榮也."

24) 鄭海元,〈上禹梧南序〉1874(甲戌年). "禹君名 某 字 某 旣老 周易一 酒一 棋一 琴一 瑟一 遇其五子 而自號梧南云."

25) 우주영,『오남고』〈與鄭友石圃謾唫 二首〉의 首聯句. "錦西家在小山陽."

는 우주영이 자손들에게 분재를 마치고 家計一線에서 물러난 때이다.

> 지금 다섯 아들을 보니 分財함에 警戒하는 가르침으로 繼承하
> 였으니, 의미가 깊고 원대하도다. 과거에 오남이 공부하는 것
> 이 마음에서 시작하여 일로 드러나니 바야흐로 통침이라고
> 이를만 하다. 무릇 재물은 사람들을 이익으로 이끄는 굴이어
> 서 들어갔다 하면 붙잡고 놓질 않고 버릴 줄을 몰라서 노년에
> 이르러서도 매달리는 사람들이 많은데 시원스럽기도 하여라.
> 활발한 오남의 기개가 쌓여서 자손에게 재산을 똑같이 나누어
> 주었으니.26)

위 내용으로 보아 우주영은 이때쯤 오남고의 정리를 마치고 지인들
로부터 서문을 받은 것으로 보인다. 다만 이 책이 간행되지 않고 草稿
本으로 家藏되어 왔던 이유에는 아마도 우주영이 남은 家産을 모두
자손들에게 분재한 후에 자신이 운용할 재정적 여유가 없었을 뿐
아니라, 家計를 承繼한 아들 우현대(1864~1900)27)에 이르러 우현대
의 건강문제와 급격히 기운 家勢 때문이었을 것으로 추정된다.

> 이때부터 돈은 빠져나가기 시작하고 재화의 융통은 막혀 살
> 아갈 방도가 진작에 고갈되고 용처는 점점 많아지니 고단하
> 기가 비탈길을 뛰어오르는 듯하고 능히 자족할 수 없었다. 얼
> 마 안 되는 田庄은 갈수록 줄어들고 해마다 축소되니 屛弱한

---

26) 각주 23)과 같은 자료. "今見其五子 分財 繼以箴訓 旨意深且遠矣 始知梧南 做工發乎
心 而著於事 方可謂達銖也 夫凡財者 人之利窟也 入而不知出執而 不知捨至老區區者多
而快哉快哉 梧南活潑之機積而 能散均分子孫."
27) 우주영의 三子, 長子 恒年은 夭折하고 二子 顯泰는 出系하여 사실상 長子 역할을 하
였다. 저작으로 『入山日記』가 있다.

자손들이 장차 굶주림과 추위를 벗어나기 어려운지라 늙은 아
비는 부끄러울 뿐이다.28)

　상기 分財記와 다른 기록들을 종합해 볼 때 우주영이 分財할 당시에
는 이미 상당한 재산이 유실된 상태에 있었고, 분재한 후에 아들 우현대
에 이르러서는 모든 여건이 더욱 惡化되었던 것을 아래의 내용으로
짐작할 수가 있다.

　　우현대 대에 이르러 집안이 크게 기울어 궁핍하게 지낸 것으
　　로 추정된다. 자세한 기록은 볼 수 없으나 우현대는 어려서부
　　터 학문적 분위기에서 성장하면서 학업과 시작에 몰두한 것
　　으로 보인다. 그러나 과거를 통해 입신하지 못하고, 영락한 지
　　식인에게 삶은 신산하기 그지없었다.29)

　이상과 같이 살펴보았을 때, 우주영의 선친이 取財해 놓은 千石이
넘는 재산이 우주영代에는 거의 유실되고 그의 아들 우현대에 이르러
서는 가난에 시달려야 할 만큼 남은 재산이 없는 형편이 되었다. 풍족
했던 재산을 대부분 慈善으로 소진하고 결국, 평생을 몰입하여 이룬
자신의 문학적 성과물은 도리어 곤궁한 재정을 이유로 당대에 간행되
지 못하다가 지금에야 세상에 드러나게 된 셈이다.

---

28) 각주 10)과 같은 자료. "自是以來 錢幣沿革 貨路壅塞 生之道已渴 而用之度漸闊 走坂
　　之足 不能自優 如干田庄 日削歲鑠 弱子屛孫 將不免於飢寒 而爲老父羞矣."
29) 박종순(2019), p.141 참조

4. 『梧南稿』 수록작품 분석

19세기 한시의 양상은 대체로 한시의 대중화가 '趣'의 형태로 발전하게 되면서 "風流生活은 詩社活動으로 상승작용이 이루어졌다. 詩社를 조직하여 경관이 빼어난 곳에서 정기적으로 詩會를 열어 시를 짓고 酬唱하였다. 상대방의 시에 和韻하기도 하고 옛 문인의 시에 차운하며 시를 지어 주고받으면서 그 雅趣 있는 모임"[30]이 하나의 風潮가 되었다. 우주영의 시 가운데에도 和韻하며 酬唱하는 시들이 많은 양을 이루고 있어서 그가 豊潤한 교우 관계를 통하여 시의 교류가 활발하였음을 짐작하게 한다. 그는 일상에서 오는 희노애락의 감정을 특별한 기교나 꾸밈이 없이 平淡한 시어로 독백하듯 토로하고 있으며, 많은 수를 남긴 輓詞類의 작품에서도 '哀'의 감정이 극도로 절제된 情調로 담담히 읊고 있다. 또 시인이 세거하던 향리를 중심으로 전원의 서정과 勝景에서 느끼는 소회 등 시인의 심리상태와 작시 상황에 따라 다양한 주제와 대상으로 시집이 구성되어 있다.

(1) 平淡하고 素樸한 일상의 情調

오남고에 수록된 작품은 주제나 대상별로 분류했다기보다는 아마도 작시나 정리된 순서별로 엮은 듯하다. 그 가운데 다음의 〈有悟〉는 23번째 순서로 수록된 시다.

---

30) 정옥자(1998), 『역사에서 희망 읽기』, 문이당.

깨달음 有悟

시끄럽지 않은 바깥일 있으랴만	出門何事摠非煩
늙고 병든 몸으로 무슨 상관 하겠는가	病不相關老不言
주해는 저자에서 칼 차고 때를 찾는데	釰酒秋空朱亥市
범부는 마을에서 나무하다 날 저문다	漁樵日暮白丁村
대숲이 바람 막아 내 신세 깨끗하고	風窓掩竹清身世
눈 속에 매화시 읊으니 잇몸까지 시원하다	雪燭吟梅爽齒根
이제야 깨닫네, 진경 외엔 다 헛된 것이라고	晚覺知無眞境外
무릉도원 찾는 사람 길 잘못 든 것이라고	幾人誤路覓桃源

시인은 일상에서 오는 소회를 평담하게 그려내고 있으나 그 내면에는 짙은 회한과 아쉬움이 담겨있다. 함련에서는 朱亥의 典故를 凡夫인 자신의 처지와 對偶를 이루면서 자조적인 감정을 드러내어 立身하여 利世하지 못하고 세월을 낭비한 회한이 담겨있다. 그러나 경련에서는 風窓과 雪燭, 掩竹과 吟梅를 對偶함으로서 시끄러운 세상 풍파를 막아준 家恩으로 인하여 清身함을 지킬 수 있었던 다행함과 비록 자연에 묻혀 窘乏한 삶을 살고 있으나, 형설의 빛으로라도 시를 읊을 수 있음에 자족하고 있다. 결론적으로, 미련에서는 헛된 이상향을 쫓았던 지난날의 過를 깨닫고 이제야 진경을 볼 수 있는 안목을 가졌다고 안도하고 있다. 무릉도원의 진경은 心眼으로만 볼 수 있는 곳이었음을 비로소 깨달은 것이다. 다음은 일상에서 오는 권태로움을 이기려고 심심풀이로 지은 시 〈謾吟〉이다

장난삼아 읊다 謾吟

세월은 잠시도 멈춰서지 않는데	難得光陰住少時
친구는 오지 않고 해 이미 기울었네	故人違約日西移
처마 밑에 앉아 눈 녹은 낙수 소리 듣다가	坐聽簷雪鈴鈴雨
화로 곁에 누워 하늘하늘 피어나는 연기 보네	臥看爐煙細細絲
늙는 것 싫지만 늙은 친구 찾게 되고	憎老還憐尋老友
덮었던 책 늙어서 넘겨보곤 아이에게 권하네	廢書晚覽勸書兒
매화는 천지에 어찌 이리 희고 고운가	梅於天下何爲白
서시의 돌아온 혼인가 남기고 간 모습인가	魂返西施去後眉

당나라 시인 戴叔倫은 그의 시 〈湖南卽事〉에서 '멈추지 않는 세월'을 두고 "시름겨운 사람을 위해 잠시도 멈추지 않는다"[31]고 하였다. 시인은 이를 用事하여 흐르는 시간의 아쉬움을 나타내면서 아무런 기별도 없이 해 기울 때까지 오지 않는 친구의 야속함을 은연중 내비치고 있다. 온종일 "처마 밑에 앉아 눈 녹는 낙수 소리 듣다가, 화로 곁에 누워 하늘하늘 피어나는 연기를 보"면서 속절없이 친구를 기다리고 있는 상황은 마치 이상이 쓴 소설 〈권태〉의 한 구절을 연상하게 한다. 자신도 "늙는 것이 싫지만 그래도 늙은 친구를 찾"을 수밖에 없는 현실이 마뜩하지 않은 것이다. 이처럼 시인은 평이하고 淡泊하게 자신의 속내를 간접적으로, 그렇지만 확실하게 드러내고 있다. 다음은 시인이 60살이 넘어 만년에 쓴 五言絶句 한 首다. 시인은 이 시에서 無欲으로 樂道하며 산 인생을 돌아보고, 세상사와 벼슬살이의 덧없음을 淡淡하게 읊고 있다.

---

31) 戴叔倫(732~789)의 시 〈湖南卽事〉에서 "不爲愁人住少時."라고 한 말.

한양에 간 다음 날 전동 이 승지의 집에서 만나다

入闉翌日會于典洞李承旨家

지나간 육십 년 세월 웃어넘기니	笑過六十年
미간에 쌓였던 수심 바람이 쓸어간다	風雨掃眉愁
물로 돌아가는 안개처럼 세상사 덧없는데	世事烟歸水
누각 위에 뜬 달이 시심을 부른다	詩心月在樓
선계의 신선도 늙지 않지만	花鄕人不老
술 속에 사는 나도 세월이 없다	酒國客無秋
벼슬살이 부침하는 한양 거리에	長安浮宦海
배 떠가듯 말과 수레 오간다	車馬似船流

시인의 자전적 시다. 육십 생을 되돌아보면서 헛웃음 나올 만큼 덧없고 아쉬운 심경이 짙게 배어있다. 그러나 '물로 환원되는 수증기와 같은 것이 인생이며 세상사 아닌가'라고 자문자답하면서 미간에 쌓였던 悔恨을 비우고 있다. 함련의 '世事와 詩心', 경련의 '花鄕과 酒國을 대우하면서 '세상과 나', '선계와 현실'을 대등하게 竝列시키고 한양에서 벼슬살이에 부침하는 뭇 벼슬아치들 보다 자신의 인생이 결코 이에 못지않았음을 나타내고 있다.

(2) 自然과 鄕土에 대한 情緖

도연명은 술과 一切 不可分이어서, 벼슬에 뜻이 없고 無爲自然으로 돌아가고자 하는 삶에는 술이 함께하였다. 오직 술만이 도연명을 참세상과 무위자연으로 이끌었고 그 속에서 도연명이 淸閑樂道한 삶을 누릴 수 있었다면, 시인의 삶이 또한 그랬다. 다음은 〈鴻南信宿〉 중 頷聯과

尾聯 부분이다.

먼 옛날 도연명은 율리에 살았는데	太古山中占栗里
지금 여기 나무 아래 모용도 만났네	至今樹下見茅容
……	……
만년 되어 상여병 더해지니	晚來添得相如病
취하면 몰라도 깨어서는 맘에 없다네	醉或疎狂醒且慵

　시인은 때론 도연명 흉내 내기를 마다하지 않았고, 田園에 閑居하며 술과 시가 일상의 중심된 것은 어쩌면 도연명을 롤 모델로 삼은 삶이 아닌가 하는 생각이 들 만큼 그의 시에 도연명의 등장은 頻繁하다. 다음의 시에서는 도연명의 일화 한 토막을 아예 자신의 일상 가운데 한 부분으로 삽입하였다.

다시 '庚'자를 얻어 짓다 再疊庚字

가물고 무더운 삼복더위에	旱天三月曝三庚
그늘로 옮겼더니 졸던 학이 놀랜다	移席松陰鶴眠驚
가련한 촉땅 임금 두견새 되어 울고	聽鳥遙憐歸蜀帝
태연하게 바둑두며 침병을 물리쳤네	着棋暗動入秦兵
문전에 강이 있어 어린아이 청결하고	柴門近水穉兒潔
외양간 곁 대숲 이슬 송아지 씻기운다	露竹當廚小㹀清
망건은 술 거르다 헤지고 술병 나서 누웠는데	頭巾醉頹欹上枕
천연스레 율리사는 노선생이라 한다	天然栗里老先生

　귀촉도는 자규, 두견새, 불여귀, 접동새, 소쩍새 등 이름은 조금씩

다르지만 같은 과에 드는 새다. 억울하게 죽은 蜀나라 杜宇王의 혼이 새가 되어 타향을 떠돌아다니며 우는 소리가 마치 "촉도로 돌아가자 돌아감만 못하다 歸蜀道! 不如歸!"라고 하는 것처럼 들린다 해서 귀촉도 또는 불여귀라는 이름을 가졌다는 고사다. 슬픈 전설 때문에 우는 소리가 슬프게 들리는 것인지, 슬픈 울음 때문에 슬픈 전설이 만들어졌는지는 알 수 없으나 많은 文詞에 등장하는 새다.

이와 對偶를 이루는 같은 聯의 對句는 謝安圍棋의 고사를 인용하였다. 東晉의 재상 謝安이 秦나라 侵兵 100만 대군을 8만의 군사로 대파한 비수대전에 임하면서도 극도의 평상심을 유지하며 태연히 바둑을 두었다는 고사다. 이 시는'庚字' 韻目에서 次韻 하였는데, '兵字'를 押韻하여 두 고사를 들어 대우하였다. 위에서 언급한 것처럼 尾聯에서는 자신을 도연명이라 자칭하며 동일시하기를 서슴지 않고 있다. 다음은 전원생활의 한 풍경을 담은 〈與朴禮山滄北趙友夢洲同和〉이다.

예산 박 창북과 친구 조 몽주와 함께 화운하다
與朴禮山滄北趙友夢洲同和

머리 저어 사양해도 오는 백발 못 막아	頭棹難禁白髮來
요즘엔 아예 거울조차 보지 않네	近年却避鏡相開
봄 안개 속에 도연명의 버들 심고	青烟散種先生柳
꽃비 내려 학사매를 손질하였네	紅雨分培學士梅
시로 지은 봄 정취 누대에 솟더니	春意題詩樓氣聳
참선하는 밤 마음은 물처럼 휘도네	夜心參佛水聲回
내 인생 술 아니면 무엇으로 웃으랴	吾生非酒緣何笑
또 정든 이가 거듭 술잔 권한다	又是情人勸勸盃

시인의 선조인 고려 禹倬(1262~1342)의 시조 가운데에도 일명 '백발가'라고도 하는 〈嘆老歌〉가 있다. 禹倬은 "막대와 가시를 쥐고 오는 백발 막으렸더니 백발이 먼저 알고 지름길로 왔다."고 하였는데, 이에 비하면 시인은 "머리만 가로저어 백발을 사양할 뿐."이라고 하였으니 자신의 할아버지보다 소극적으로 백발을 거부하고 있는 셈이다. 그러나 선조와 달리 평생 출사한 적이 없이 전원에 묻혀 살았던 시인은 봄이 되면 도연명처럼 버들을 심고 임포처럼[32] 매화나무를 손질하면서 전원에서의 삶을 가꾸었다. 이러한 삶에서 오는 소소한 斷想들은 시인의 일상생활과 詩作이 크게 乖離 되지 않았다고 할 수 있다. 다음 시는 작천에 있는 조 승지 서실을 찾았다가 그곳의 정경을 읊은 시 〈宿鵲川趙丞旨書室〉다.

작천 조 승지 서실에서 묵다 宿鵲川趙丞旨書室

몇 번을 날았다 앉았다 돌아오며	幾上靑天平地回
제집 짓는 까치 솜씨 신기해라	主人粧點鵲巢奇
어부가 전해 준 무릉도원 멀단 말에	漁傳世話桃源邈
잠룡은 봄잠 자며 초당에서 기다리고	龍臥春眠草閣遲
작천은 굽어 흘러 물소리 완만하니	三峽倒流聲緩急
천 봉에 둘러싸여 서실 형세 편안하네	千峰圍立勢安危
시골 개 의관 갖춘 사람에겐 짖지도 않아	村犬不吠衣冠客
번화하게 큰 마을인 줄 넌지시 알겠네	認是繁華大峽爲

---

32) 林逋(宋代 시인, 967~1028)가 孤山에서 은거하며 매화를 심어 아내 삼고 학을 기르면서 자식 삼아 평생을 보냈으므로 '梅妻鶴子'라고 일컬어졌다. ≪夢溪筆談 人事2≫

鵲川은 시인의 향리인 청양군 대치면 작천리에 있는 개울 이름이다. 일명 '까치내'라고도 하는데 청양 읍내를 흘러 칠갑산 아래 까치내 유원지에서 회수, 역류하여 부여 백마강에 합류한다. 시인은 이 작은 내를 일러 중국의 '三峽'에 비유했으니 오남고에 실린 詩 가운데 가장 큰 과장이 아닐까 여겨진다. 그만큼 人文을 존숭하려는 지리의 확장개념이다. 낙향하여 서실을 내고 다시 출사를 기다리는 조 승지가 묵는 초당을 '잠룡이 봄 잠을 자며 기다리는 집'으로 본 것도 그러하다. 서실은 비록 초당으로 지은 작은 집이지만 잠룡이 때를 기다리기에 좋을 지세에 자리했음도 알 수 있다. 칠갑산을 주봉으로 백리산, 금두산, 삼형제봉, 마재 등으로 둘러싸여 있으니 '千峰에 둘러싸여' 있다고 할만하고, 앞에 '작천이 굽어 흘러 완급을 조절'하며 흐르고 있으니 전형적인 背山臨水의 형세로 풍수적으로 안정적이고 편안한 곳이기 때문이다. 시인이 가지고 있는 자신의 향리에 대한 애정과 자부심이 얼마나 큰지 알 수 있다. 다음은 시인이 자신의 고장 승경지를 旅遊하면서 소회를 읊은 시 〈四月日登水北亭次韻〉이다.

사월 어느 날 수북정에 올라 차운하다 四月日登水北亭次韻

오남 지나 연주쯤 내려가는데	梧南過客下烟洲
불성 깊은 고란사 배처럼 떠있다	蘭寺如舟佛性浮
구슬픈 낙화 노래 덧없이 떠나가고	商旅歌花春夢去
영웅을 조곡하는 물소리에 저녁 구름 떠간다	英雄哭水暮雲流
바위절벽 기세도 천년 전 옛 그대로	千年石氣山猶古
사철 물소리 들으며 세월을 품어온 누각	四月江聲閣欲秋
술잔 잡고 망국의 한 말하지 마라	把酒休言亡國恨
백로도 일생을 근심 속에 살았나니	一生鷺亦茫茫愁

금강에서 돛배를 타고 수북정으로 가고 있는 시인 일행은 定安의 梧南을 지나 남으로 내려오면서 부소산 아래 고란사가 보이는 모래강변을 지나고 있다. 여기쯤에서는 마주 보이는 고란사가 마치 배처럼 떠있는 듯 보이는 지점이다. 시인은 배를 타고 오면서 江上에서 보이는 지점마다 마치 사진을 찍어 설명하듯 실경으로 그려내고 있다. 흐르는 강물을 내려다보며 천년의 흥망을 지켜봤을 수북정에 올라 숱한 영웅들이 낙화처럼 스러져 간 역사를 술회하면서 시인은 잠시 旅遊의 興趣는 내려놓고 있다. 有限한 인간의 삶과 依舊한 자연을 비교하면서 망국의 한과 인생의 덧없음을 슬퍼하고 있다.

(3) 豊潤한 교우 관계와 절제된 그리움

시인과 관련된 여타기록들과 시집에 등장하는 인물과 내용들로 보아 시인의 인간관계와 교우는 매우 豊潤했음을 알 수 있다. 그 가운데서도 나이를 초월하여 깊게 교우한 벗 박창북을 들 수 있다. 다음은 박창북과 이미사와 함께 和韻했던 시로, 예산 박창북[33]은 충청도 예산에서 현감[34]을 지냈던 박긍순이며 滄北은 그의 호다. 박긍순은 1806년생으로 1822년생인 우주영보다 16살이 위지만 오남고의 시편 곳곳에 그와 和韻한 시가 있고 자주 만나는 내용의 시가 있는 것으로 보아

---

33) 朴兢淳, 『滄北稿』, ; 이은주(2018), 참조. 禮山은 박창북이 벼슬살이하던 부임지를 일컫는 지명이며 滄北은 19세기 말 문인 朴兢淳 (1806~1873)의 호이다. 박긍순이 지은 『滄北稿』의 1863년에 쓴 시 중에 "三月初七 恩除禮山 十八日 北里諸益齊會白雲…軒 設小酌敍別懷 凡數十餘員也 呼韻見贐 余亦步而寅悵焉"라는 시제가 있는 것으로 보아 박창북은 1863년 3월에 예산 현감에 제수되었음을 알 수 있다. 박긍순은 충청남도 청양 정산에 거주하며 安東 金門과 인척 관계로 金門 인사들과 밀접한 교류가 있었으며 본고의 저자 우주영과도 같은 향리에 거주하며 교류하였다.

34) 『승정원일기』, 1863년(癸亥) 3월 7일 자 기록. "朴兢淳爲禮山縣監."

박긍순과는 격의 없이 지내며 忘年之交한 사이로 판단된다. 특히 安東 金門의 실세 金炳國의 별장에서 지은 시 〈寺洞金台穎漁丈別堂戲題〉[35]로 미루어 우주영도 안동 김문과 교류가 있었음을 알 수 있는데 이는 박긍순이 安東 金門과 가까운 인척 관계를 유지하고 있었기 때문에 우주영이 안동 金門 인사들과 교류한 것은 아마도 박긍순의 주선이었을 것으로 짐작된다.

예산 박창북과 벗 이미사와 함께 화운하다 與朴禮山滄北李友薇史共和

티 없이 맑고 좋은 산수는	山欲淸虛水欲明
십리 길 늙은 걸음 기쁘게 맞아주네	一筇十里喜相迎
함께 누운 초가 위로 성긴 별 뜨고	疎星野屋羣枕睡
찬 기운 내린 등잔 곁에 다듬이 소리 외롭네	冷雨隣灯獨杵鳴
숲에서 들려오는 가을 깊어가는 소리	白髮秋聲滄北樹
벼슬했던 서울 얘기 재미 삼아 하다가	靑袍夜說洛陽城
바둑 두며 아이 불러 술 찾는데	呼兒覓酒看棋坐
찬 바람 북으로 길 떠나는 소리 들리네	時有霜風似北征

다음 시 〈挽朴滄北〉은 시인보다 앞서간 박긍순의 죽음에 弔哭한 시다. 이 시는 박긍순이 죽은 1873년에 쓰였을 것으로 추정된다. 이때 시인의 나이는 51세였다. 오남고의 시편에 가장 많이 등장하고 어울려 和韻했던 망년지교의 벗인 창북 박긍순의 죽음은 시인이 挽詩에서 읊은

---

35) 穎漁는 金炳國(1825~1905)의 호이고, 丈은 높이는 말이다. 김병국의 본관은 安東. 자는 景用, 호는 穎漁이며, 우의정을 지냈다. 金炳國은 당시 안동김씨 세도정치의 핵심 인물 이었다.

내용대로 '의지할 곳 없이 슬퍼하며 망연'했음을 짐작할 수 있다.

박 창북 만시 挽朴滄北

꿈이런가 호운이여 무정한 달빛이여	湖雲爲夢月無情
떠난 뒤 그대 명성 조야가 다 아네	朝野皆知去後名
이제는 우리 고을 누구를 의지하랴	從此吾鄕因寂寞
나는 청산에서 통곡하노라	靑山痛哭禹周榮

위 시에서 湖雲은 박긍순의 字로 추정된다. 시인과 창북의 평소 莫逆
했던 교우 관계에 비추어 이 만시는 감정이 지극히 절제되고 시어가
담박하다. 그러나 '절제된 감정' 뒤에 기어이 통곡하고야 마는 마지막
句에서 시인과 박 창북과의 남다른 관계를 미루어 볼 수 있다.

또 다른 輓詩는 친구 이대중의 죽음에 외롭고 그리운 심정이 짙게
나타나고 있다. 이때가 長子 恒年(1845~1866)이 죽은 지 얼마 안 되어
손자 祖命(1863~?)을 안고 키우던 1866년경이 아닐까 짐작된다. 친구와
아들의 죽음에 복합적인 심정이 잘 드러나 있다.

친구 이대중 만시 輓李友大仲

문필 모두 출중하여 오래 살 줄 알았네	詞鋒筆力信遒篶
짐작조차 못 했는데 이렇게 떠나다니	豈意今年永不留
사무치는 마음 부질없이 허공을 향하고	向世虛空情到語
그리워 애태우다 꿈에 그대 마주했네	對君慘憺夢來愁
국화 핀 적막한 밤엔 더욱 그리워	倍思寂寂黃花夜
쓸쓸히 늙는 세월 홀로 서 있네	獨立蕭蕭白髮秋

먼저 가서 만약에 우리 아들 만나거든   君去如逢吾子處
이 늙은이 손자 안고 놀고 있다 전해주게   憑傳此老抱孫遊

5. 結論

이상에서 시인 우주영의 가계와 생애, 『梧南稿』에 수록된 작품 등
을 살펴보았다. 시인과 『梧南稿』의 내용에 관해서는 정해원이 甲戌年
에 쓴 서문 〈上禹梧南序〉에 상징적으로 잘 나타나 있다. 그는 서문에
서 "桃李의 문하에서 노닐며 비단 같은 멋진 문장을 열람하여 더할
것은 더하고 뺄 것은 빼는 문장과 화복의 기미를 조절하였으며, 나물
뿌리를 먹으면서도 모든 일을 행하였다."[36] 라고 평했다. 우주영은
시문학사에 드러날 만큼 걸출한 시인이 아니라 시를 짓던 당시의
많은 지역 문인 중 한 사람이었다. 그가 주위로부터 받은 호평은 문학
적 성과보다는 그의 삶의 궤적에 대한 褒章성격이 상당부분 포함되었
을 것으로 본다. 그러나 그의 문학적 성과는 19세기까지 한시의 전통
이 지방세족 사이에 충실히 이어지고 있었음을 알 수 있고, 지방 문인
의 시작수준도 비교적 높았음을 판단할 수 있다. 조선의 사대부들은
기본적으로 학자(士)이면서 동시에 정치가인 관계로 학문과 문학적
성과, 정치적 위상은 같은 선상에서 관심의 대상일 수밖에 없었다.
『梧南稿』에 나타난 우주영의 시 취향은 학문적, 또는 정치성향이나
특정한 사상적 배경에 기반하는 것이 아니다. 주로 일상생활에서 오
는 소소한 감정과 벗들과 친교 관계에서 오는 酬唱, 술기운에 자신의

---

36) 정해원, 〈上禹梧南序〉, 1874(甲戌). "遊於桃李之門 閱覽綺羅之浮誇 斟酌之損益之文 權衡
    禍福之機 咬菜根而 百事倣懸氷團."

속내를 읊은 작품들이 대부분이어서 그의 생각과 감정의 단면들을 쉽게 볼 수 있다. 그러므로 『梧南稿』는 시의 양이 많은 것은 아니지만 전체적인 시편을 통하여 한 인간의 진솔한 내면을 살필 수 있는 자료 이자 한 시대의 기록물로서의 가치를 가지고 있다. 중앙무대에 집중 돼왔던 관심의 일단을 이제 지방 사대부들의 문학 경향과 수준 등 그들의 성과에도 관심을 가져야 할 필요성을 제기하고 있다. 더하여 시인이 살아온 의인적 삶의 모습을 통하여 당 시대의 사회상을 짐작해 볼 수 있는 窓의 역할을 제공할 것으로 본다.

桑梓友致卿

鳴卿佳兄　永訣此事中有悔意　青山有淚　回憶平生同門

同師情若一堂　嗟夫二者自幼竹馬牽老　笠車余抱病狀

名薬醫書　霜曉雨夕朱瓶神方　舍身氣宇天賦剛

腸手里水路舟延風檣業嗜酒性飲輒無量　璞公心

清本落石出嗟名春氣甘露橋松雲自少腹明可期延

壺天裡全事雜等嘉壽有生有死　香園有山公東賦

況喜醫手活幾百人不叔乃命代謝之儔年恨自多

陽光逼故鄉黄花時節我悚益傷過門不入痛借典

朋路陳尊奠故人酒情渙多說若猶有如雲居士聚嗣蕭蕭

某年十四月二十一日

遠雨叡九月向南齋

山村

夕庭散步逵西畔野色天晴白鷺鷥
登樓秋亦可無君是月夜遲泖處身山酒
心席醉觀世水棋句自達社鼓偏歌起多
齊風浮中熒此泛掃

自遣

人々鳥々日戎街庭畔螢聲集五代柁為楊
餘枝單野鵲巢池勿水產畔蛙黃花明甫
明年勿自爽憐吾少日儔亭歌單郡無
事業旨令先橋渡長淮

揽朴渔乐

湖雲為夢月無情朝野留知去後名從此

吾鄉因寡窶青山痛哭為周榮

鴻南信宿

信宿君家路漸重挑前此竹鴻前枕太吉

山中卜築里至宇樹下見茅穷勝看棋

雜退手闲心醉雨未歸駐晚来添得相扶

病醉或辣狂醒且慵

送客

顏江白叟中長春酒熟黃花靄不塵夢冷

江鄉鴆遥旅語清琴屋鶴相起廚飪聲為性

水亮事堂寢闲心卷有貝楓落斜阳人句

浮世穷中央脱生瀛一電報道云昭金堂老心

者滿截風涼月一樓

　　宿鏡湖

烽墨灯疎月初晴酒醲醴酒歌家颭遥海色

堅鱼街熟江舷心熟桂樟夯籬丰京都金

朦烟扱二水中分西產青傍沙一曲烟波

崇認是多爭去陵舷

　　宿鶴川趙迎吾書室

柴止書天平地西主人拵點鶴軍青漁傳

世話桃源遂龍似春眠草闼過三峽倒侶

教僕為手降圖立熱步危村忱不伏不冠

客認是繁華廣寒馨

束停怔此去停怔花柳都州口黄堰枇萼
楼坊歌舞此有情山水静酻郷先生将觉
紫棠桃逆相倚俦老遍是桃源三百里
岁年误路毡酒卸

四月日登水世亭次韵
梧南道穿下烟州蘭寺水舟佛性浮峰巘
歌花春夢多壽英雄尖水暮雲浮千年石氣
山極古四月江毅閣裁秋把河休言亡国
恨一生鶯亦老之花

放宇中休

慕泊烟沖四國門一千年去落花痕疵疵潮
知海東危際岂鶯日家膏第鄉上下天空

174
•
175

魯酒春宵暖客逢誰離聽夜氣寒鴛鴦琴瑟

迎日久隨隨鄉夢還表雞狂新別有逍遙

處悵外待樓一抱安

快飲長安沽餘魚撥碧空有花皆客樓也

日不清風山色人烟外鐘敲家夢中重參

慈趙市哭區醫是吳雄

　　莊嶺南慎正言海往穩討

樓悵妨委又清風半湖是南丰國嶺東雨

意雲鄉三面宿人痕烽露萬衡通諸悵夜

話棚悵白涯歌春雲夏借紅豈了吾生人無

畫債乾坤夢去些些未中

　　悼亡自敍

皆落中諸盞眠日遊書　世松此

憶々松間谷上溪佳人濯錦西眉齋後城

背右多剜左参路拈氏中蜀西放話青山

每語立有情黄鳥啼情停　一場説白文章

骨半日仙偶帶伴勢

　寺潤金台頴源史別堂戲題

花衣䄃柳有情枝伴蝶有鷺情㣲難萬事

上趣令作老十生雖者更為兄覽樓酒話

情風夕對江鄉以但雨晴嶺上帶雲湖上

月思慮吾夢之君面

　四百字埤二首

篅外青山不厭看橐燈茶飲漏方殘見亭

八闈翌日會于典洞李子承吉家三首

舒程五日一笑忙兩東南山酹主客少别

老逢佳況當詩酬酒話自生香柳烟敞入
千門碧麥氣浮回四月晃休向影傑疎畫
白長多秋夢一生涼

湖南芳草客初飛初月蔓廊人窘鬧叙點
鐘殺樓閣起一晴天氣兩風慢峰極唐突
窺屋雜燕弟多壽語晚暉詩拜何堪客酒
債身邊遠剩有典春衣

笑過六十年風雨搔眉熊世事烟惺水詩
此月在樓花鄉人不老酒國客無秋長安
浮宣海車馬何艱陟

末自雲鄉自我，足生居酒固紅畫意看山
多姓君琴心龍水情枯柳明所相憶江南
幽藥去游束夢毒同

湖南春老迎人末病雨新晴野戶閑送堂
無情悵望柳欲難了債問妻梅相闲白笑
鳴門老有路青天鵬陽回汪古久章臺逗

蘇長歡宇宙小如蛋

次東坡全君壽顏、

從古幾稀一日傳對君川賀寧令年敘十
侯老栀風生甕市頦十篁前鈞月上周天
妯四春日三冬暖自有仁人十世全二子

四孫最舞席調琴最雲眠三昧圖

夢傳閩嶠世客語月高臺海東病老口情

人似鷗羨涼相遇世眥游有蓬翁弟書山

屋烟柳初解細雨中

頭掉離禁白笑朱進年初進鏡相閑書間

敬辭先生柳紅雨分境學士梅春為題詩

樓氣醫夜心齋佛水聲回吾生派涯像伊

笑又是情人觀杯盃

移花種竹補罅雞散憂庭蔽玉五枝夜入

人家烟若夢春生客語月初眉憶心聽雨

多羈若毛眼有書太丰袭春性派陶分外

事實惟信上天知

臨上春回野廣東重官細雨之風之故人

謾吟

難得光陰住少時　故人遠別日西移也聽

簾雷鈴之雨外看　爐煙細細　憶老還情

許老友廣書晚覽勸書兄梅書天下何為

閑居

白說遍西　去畫眉

廿爐外枕已　睡歲春山中見家搗酒到

颶髏移甲怒琴醒篤夢化丁威鄉燈鑒若

梅腿瘦苦雨來寒石骨肥却向誰人去也

說湖雲足信的三連

吳朴禮山陰世趙左扇洲田和五月

白面三分僧酒紅詩世笑領一春風宦情

彿避吃眼頻迷宇賣虎劇主張屋價復榜
月詩債多尚尚民廬
次玉覥任雅俊汝大庭曜原
玉泂烟花遠老舟性靈春得太和春鯉庭
覺最多年好鶴與人雜此日影離竹園松
清樂府若雲嶺月近似溝諸君氣力餘多
書走鈞周末渭水晨
自擬間二句
渡時深淺水衡陵重輕金難渡難衡慶向
人未料心
雲稻多事驕鳥亦見機答州鳥州雲老有
誰共和書

万端羇箏夜何長
令酒排寒醉氣燃高談挑燭坐屋々燈梅
影月遲遲下頭藥香烟佃々登雪積孤村
浮嵐島雲歸途䓗遞迎僮睡嵐清晨先我
起渴侯飲啄硯泉冰
客亦尖凛鳴共南兎嶺初白五句三逼村
僮夕烟生梅近悬仙宵月在潭惝化能奇
俟是氣眛工雜巧不為吞有時蟄積意心
茨故內君憶戲一談
　　贈龍山老樵
捆屨辦金換海蝥泉活計味影漆把穿
濤雷先道路島宿人烟懶起篝欵棹先盃

其鄭友石圃護金 五頁

錦西二水出催麻石圃故人世々家酒到

風漪柳又將詩成雪景月初佳蒙言冰道

徒減口百事無名已落牙春得塵靈泰佛

坐五更天地一灯窥

苦海虛舟恐石尤蓬門掩雪是仙楼旅灯

入暮忠回鹏兒埃添溫賴春牛山古冀傳

伴晚黨晦菴喜白頭、

老日月庭清松老晋春林省梅幾少前年

錦西家在小山陽吡夜郷心鴻一方竹語

當昭詩到榕梅花霧酒傳香觀魚吊屈民

烟釣馴鴬夢孤卧雲堂老去身家逐有事

清身世雪燭吟梅爽邊根眼覺知無真境

外羨人諛路免桃源
　自遣

萬端塵念筆刀剛笑領梅花酒可攀寒峽

雅歌雲雪高登樓詩語月中間全清皆分

鴉啼水晚景歸樓鶴夢山雲滿江程稀見

客柴門無事畫簾閑
　贈李友

寒天詞客語蕭〻若是鄉愁鴉鵲迴漂僻

縣岩儀出路盡深卧柳自成橋暗香梅動

黃昏月寒黑山迷白雪朝心識砧聲處起

處先陰水梛〻中消

立西□□□月尚君額

輓李友 大仲

詞鋒筆力信過篝豈壹今年來不隔兩世

塵空悄到語對君條悵夢未悲儻思家

黃花夜偏至甫之白冀衫君去扳達吾子

慶鳴傳此老拖孫遊

乾林生負 啟汴

遙憶平生於厚冷芭蕉自世老相心忘年

四道老多處楓天蓊月院落□

有悟

出門侭事挱非煩病不相開老不言酤酒

秋空朱亥市漁樵日暮白丁村風寒掩竹

木德方三月十日香王總百花暨根李牧

怜軍椒世種蕋卅太子家別有降君歌舞

貢範香陪敞海棠科

　即事

梳馬梶陰意自淳茶童報熟右花醉柳將

白紫家窮嗟夢歌黃色高入夜天機

風露雨生春物性羽鶵毛詩卽芳草科物

路故迎飛蔑却燕岁

　　挽林學淵

覓泛何處別人間平日恆言地不閒未了

俚書情白骨已而身世哭青山到今初眼

此相許去陰雞高夢每開樓向秋天老諸

旱百花頭上爾平生

再疊庚字 三首

旱天三月曝三庚移屐松陰鶴睆鶯靧鳥
遶檻憐初蜀葦看棋暗動入臺兵柴門近水
辭品渤勞動竹當廚小牌清頭蒡碑秋義上
枕天楚栗里老先生

蕃唐棠屋飛倉廉懶婦壻工夢挑鶯江國
為宰鴆亦客上城知守懷輕良梅丹近枝
餘風致月仙二廬官入夜清若使公侯爭日
麥歸人頭上不能生

牧丹

問枝桃杏外棠麻紅國周張錫孫嘉元年

分咐儒和脈老引相酬林姓名君十三宣喜卿

初詔禮一心君子臺蕎情罷迄弓右風怀

慶賀日詩傷各逵誠

回婚原韻
　　　林川人

回婚古禮見今稀渡度銀河鐵橋迴鳳

雲鳴行驅是天桃再蔡逵將涑倩嬌將

橋付畫堂學歸光即老掩衣仙侶人向占浪

壽陽壮儔依宴同闈

得康字詠梅

相有白髮但凡康浮動貢笑不驚雪幕

孤山飛逵歸笛宵遶塞寒回春珠人弄明

辣枝玲詞客偷香瘦骨情最憂迴簽春車

性一鶴唳処一萬松
青山偏愛少年人當在鶴巢款合青宵霧
初升龍噴氣奇若金光佛傳神舞鶯畑相似
三分夭矯孫邪一大輪行坐屬多仙可
說白雲夕靄任布裂

滄世見前
降処鶴毅執惡此老藤人多在月明樓台高
宛若空中語柄老怪雜歲上頸龍袞看梅
真白面泥矛栗物存喬州椴郎惟迷心原
濁晩雨生郭孟鳶浮
　　美金詩莊卿鹼原韻
盛會芸芳淨古佛行美金山水氣更明玉賓

幾雨花三月半閒半詩家一年山色初醒

雲去後水聲多在鷺飛邊將他咽瑣春宵

恨帰不相關任杜鵑

炎自叙

西湖家在小江南枕月樓風一夢甜春意

先看庭草活詩腸偏覺野蘇甘醫書不廉

耔齋百酒債猶餘些致三記誦淵明此老

可居常惟恐間林怀

和少年遊山韻二首

少年今日讀書溫山色望樓野色多仙鄉

有夢於月池圖無風止角沒溪桃未開

未涸棹兑柳水橋向杯羅春無徑雉均匀

而南世茂、天以雨送之滞留一旬

容過天地一蘧廬生色標南求石壚雖會
平生雲遠々偶緣信宿雨踈々家報月是
三絲古筆力至今五老餘安得琴風書月
夜有逢無別延講處

贈汪湖趙雅春府畔

又見仁人世壽家烟霞此地學僊多三蘭庭
護踊丹砂訣琴屋偕吟白雪歌是夜灯明
南極耄兩年酒熟大江波麻姑挹送扶桑
日縈在長春玉樹柯

卽事

野草烟深罨柳眠天樓活潑自然之樂風

虛夢非夢是夢摭餘

再疊餘字

幽屋三更万籟塵孤灯翼一坐如初兀然
學佛毛掅牲宛是簪仙頭太踈有月知心
庭似水石風傾傀世円車梅花惆惆黃昏
約瘦骨相博半日餘

詠雪

銀海鹽山滌地堊化翁偷夜積工夫輕抛
柳絮紛紛帶雨著梅枝點點珠渾失村容
塵面门滿藏空腹病腸饑勿家粉壁于家
鏡不用黃金遠棄沂
箕山盡有牟先生云業有戇荆之顧

野屋摩挲臚冷雨簾灯欄杵鳴白炎秋聲

滄业桐青苑夜訊洛陽城呼兒覓酒看棋

坐時有霜風似此油

　　次蔵史伊字

抱琴歌雪西懷伊興到吾將白炎雖秋易

傷情何物也酒亭負債此生再西看雲堂

吾心者倚闷山應不語之蔵史寒雨蕭疏

坐梧怒書月夜為具

　　得餘字

烟收雪宿谷如塵蔵史灯題野史初涵月

知君來滄泊庭梧送家立扶晾黃香首约

梅傳枝白雲悵嗟殷代車閒甫似鳴身世

勸兒曹讀書

安得教兒出囊几　工將簀泰土岩之岜逡
蘊氏兮兄弟歛使篁林陵教大木在山
渠伍廈巨舟登海雨為帆傍人休悵前歎
白羊是痴聲半是咸

共張進士和秋七晚望夜
一老錦南一洛陽三分詩坐五更長書聲
庭葉蕭下客語炉烟点香烬而為歌
秋歲慨藕仙水夢月蒼茫江東歌回君歸
慶逢指天晴一鳳兮
　　學朴禮山滄业夸友藏史甚和
山歌清虛水歌明一節十里喜相逢跋星

指南稿

우주영 한시
오남고

초판 인쇄 2021년 06월 21일
초판 발행 2021년 06월 30일

원 저 자 | 우주영
역 주 자 | 김운기
펴 낸 이 | 하운근
펴 낸 곳 | 學古房

주   소 | 경기도 고양시 덕양구 통일로 140 삼송테크노밸리 A동 B224
전   화 | (02)353-9908 편집부(02)356-9903
팩   스 | (02)6959-8234
홈페이지 | http://hakgobang.co.kr/
전자우편 | hakgobang@naver.com, hakgobang@chol.com
등록번호 | 제311-1994-000001호

ISBN 979-11-6586-394-4 03810

값 : 13,000원